島を出る

――ハンセン病回復者・宮良正吉の旅路

上江洲儀正 著

水曜社

まえがき

宮良正吉《みやらせいきち》さんに話を聞きたいと思った理由が二つあった。一つは、宮良さんの笑顔がとてもいい笑顔だったからである。どんなふうにいい笑顔かはうまく説明できない。溢れるようなと言おうか、気持ちのいいと言おうか、これはもうほとんど直感のようなもので、そんな笑顔の人を見ると話を聞きたくなる。わたしのまったく知らない世界を経験した人ならなおさらだ。

もう一つは、宮良さんの笑顔の向こうに、おばさん先生の悲しそうな顔を思い出したからだ。おばさん先生が連れて行かれた世界を知りたいと思った。そこは宮良さんが連れて行かれた世界でもあったからだ。

おばさん先生はわたしの小学1年のときの担任だった。ある日突然いなくなって、別のおんな先生がやってきて担任になった。このできごとはピッカピカの小さなこころに微妙な影を落とした。

やがて、母たちのひそひそ話のなかで聞いたのだったか、ガキ大将に脅されたのだったか、その両方だったか、おばさん先生は「ヤガジに連れて行かれた」と知った。海の向こうの「ヤガジ」はとても怖ろしい場所だと聞かされた。

その話を聞いたからなのか、以来、おばさん先生の顔を思い出そうとすると、教室から窓の外を眺めている悲しそうな横顔しか思い浮かばない。

その屋我地島《やがじ》にはハンセン病療養所沖縄愛楽園がある。宮良さんは1956（昭和31）年、ふるさと石垣島を出て沖縄本島北部にある愛楽園に入所した。10歳だった。

愛楽園で4年、療養所の子どもたちの「希望」であった岡山の邑久《おく》高等学校定時制新良田《にいらだ》教室を受験するために熊本の菊池恵楓園《きくちけいふうえん》で1年（当時沖縄は米軍政下で本土の新良田教室を直接受験できなかった）、瀬戸内海にある長島愛生園の新良田教室で4年を過ごし、そして「社会」に出た。

大阪の印刷会社で働き、結婚してふたりの子どもに恵まれ、退職後はハンセン病問題に取り組んできた。現在76歳。ハンセン病関西退所者原告団「いちょうの会」の会長である。関西に住む回復者の仲間を支える活動の中心にいて、加えてハンセン病回復者の語り部として、関西を中心に各地で自身の体験を語っている。

宮良さんはご自身の半生を、淡々と、ときに笑顔で語ったけれども、その内容にわたしは居ずまいを正さざるをえなかった。さらに他の人の話も聞き、関連資料を読んでいくと、宮良さんの背後に見える山のような偏見差別という黒い影が、われわれ一人ひとりが積み上げてきたものであること、今もなおその行為をつづけていることに気づかされた。どれだけ宮良さんの立場に立てるかわたし自身も試された。

ハンセン病の歴史は悲惨である。患者はらい病と呼ばれて差別されいじめられ迫害され、村の外に追いやられ、各地をさまよわなければならなかった。国は療養所をつくり患者を隔離した。とくに戦時色が色濃くなると、無らい県運動をおこして挙国一致、邪魔なものを目の前から一掃すべく隔離を強化した。療養所内では結婚は認めたが、男性に断種手術を施し、妊娠した女性に堕胎を強要した。

この隔離政策は、ハンセン病が、プロミンなど特効薬が出て治る病気になってもつづけられた。らい予防法が廃止されたのが１９９６（平成８）年、今からわずか25年前なのである。

無菌になった者は退所が許されたが、宮良さんのことばを借りると、「社会は荒波」であった。一見穏やかに見えても、底には偏見差別の荒波が渦巻いていた。荒波が噴出した一例が２００３（平成15）年のアイスターホテル宿泊拒否事件だった。らい予防法違憲国家賠償訴訟後の話である。

熊本の療養所菊池恵楓園の入所者18人ほかがホテルを予約したら拒否された。入所者らはもちろんハンセン病は治癒している。いまや日本ではハンセン病発症はほとんどゼロで、発症しても簡単に治る病気である。

宿泊拒否が報道されると、ホテルに対する怒りの声が「社会」からおこった。県が３日間の営業停止を決定、ホテルは謝罪したが、恵楓園自治会がホテル側の形式的な謝罪に対し「会社としての反省がない」と抗議すると、今度は「社会」の怒りの矛先が自治会や県に向かった。そしてホテル廃業のニュースで「社会」の怒りはさらに激しさを増したのである。

宮良さんはこの事件について「かわいそうや思っていたことが、ところが回復者が権利を主張したとたんに、なんじゃあいつらはと。私らの世話になりながらこの態度はなんやねんということでしょうね。ハンセン病の問題はね、同情で理解するのではなしに、ほんまに、ひとつの病気としてね、理解していかなきゃならないんじゃないかな」と言う。

差別の根深さについて、ある回復者は次のように言った。

「普通の病気なら退院したらみんなから歓迎される。死んだら悲しまれる。しかしこのハンセン病だけはちがう。ぜんぶ逆よ。病気が治って帰ろうとしたら、来るなと断られる。死んだら、喜ばれる……」

ひと通り取材を終え、山のような資料を前に、わたしは問題の大きさに打ちのめされていた。研究者でも専門家でもないわたしに何が書けるだろうか……。そんなとき宮良さんがいつか言った「わし、深刻ぶるの嫌いや」ということばを思い出した。楽になった。

方針を二つ決めた。一つ。生の声をできるだけ生のまま紹介すること。素人のわたしの報告や分析より読者に生の実感を伝えられると思った。二つ。わたし自身に教えるように書くこと。そのことによってわたしが大事だと思うことをわかりやすく書くことができたのではないかと思う。

これまでひとりの人物についてこれほど長い文章を書いたことはない。根気のいる作業だった。つづけることができたのは、宮良さんのいい笑顔の素《もと》に迫りたかったからと、おばさん先生の悲しそうな横顔が、わたしのなかで、宮良さんのようないい笑顔に変わるのを見たいと思ったからである。

『島を出る――ハンセン病回復者・宮良正吉の旅路』 目次

1章
長い「旅」のはじまり

島を出て愛楽園へ

1956（昭和31）年4月。宮良正吉《みやらせいきち》は兄に連れられて故郷の石垣島を出た。10歳だった。それが長い「旅」への船出となった。病気が治ればすぐに帰れると思ったのに、正吉にとっては思いもよらぬ長い「旅」となった。

あれから65年。正吉は76歳になり、いま大阪に暮らしている。何度か帰省はしたが、けっきょく帰郷することはなく、生家も今はもうなくなってしまった。正吉の「旅」はまだつづいているのだろうか。

「小学5年に上がる春休みのときでした。ある日、母は泣きながら一晩中、私を抱いていました。母がなぜ急に、優しくなったのか？　ふしぎでした。朝になると『沖縄本島にいい病院があるからみてもらってきなさい』そう言って、栈橋まで見送りに来ましたが、その間ずっと母は泣いていました。兄と私は、長い時間をかけて、沖縄本島の北部にある『愛楽園』（国立療養所）へ向かいました」（宮良

正吉「回復者として、あるがままに生きる」『月刊やいま』2011年5月)

船が島を出た。外海《そとうみ》の黒さに驚いた。船上の正吉はまだハンセン病のことを知らない。

「タムシやハタケみたいな」丸い斑紋が顔や手足に現れたのは小学3年生のときだった。

「蕁麻疹《じんましん》みたいにプーッと赤く膨れあがっているけど、痛くも痒くもない。つねっても痛くない。膨れていないところにも知覚麻痺があった」

病院に行って、処方された薬を塗ったが治らない。むしろどんどん大きくなっていく。薬が合わないのではと別の病院を訪ねても、同じことだった。

「病院ぜんぶ行きましたよ。最後はね、ユタにも行った」

ユタというのは「神霊や死霊など超自然的存在と直接に接触・交流し、この過程で霊的能力を得て託宣、卜占《ぼくせん》、病気治療などをおこなう呪術・宗教的職能者」(『沖縄大百科事典』沖縄タイムス社・1983年)のことである。最後の神頼みである。

「のちに姉に聞いたのですが、そのとき母はハンセン病だとは思っていなかったようです。母は、ハンセン病の人はみんな指が曲がっていると思っていたんですね」

4年生になると体の「あちこちに」斑紋ができて目立つようになった。石垣小学校の同級生で家が近所だった新垣幸子《あらかきさちこ》は、

「なんで指におできみたいなのができているのかな」と思った。幸子もハンセン病のことを知らなかった。

正吉は「目立っていたので、視線は気になりましたね。しかしとくにいじめられたという覚えはな

い」と言う。

ハンセン病だとわかったのは学校の身体検査だった。

「おそらく保健所から母の方に連絡が入って、療養所に入れなさいと言われたのだと思います。周りからも行かせなさい行かせなさいと言われたと思うんですよ。しかし母はハンセン病だとは言わないんですよ。僕自身はそのときもちろんハンセン病のことは知らなかったですね」

ハンセン病と療養所

ハンセン病というのは「らい菌」に感染することで起こる慢性細菌感染症である。古くは癩《らい》病と呼ばれた。きわめて毒力が弱く感染しても発病しない人も多く、発症するかどうかはその人の免疫や栄養の状態などさまざまな要因が関わる。

発病すると皮膚や末梢神経に症状があらわれる。早期に治療すればほとんど後遺症は残

1957（昭和32）年頃の石垣港。沖縄本島まで一昼夜の船旅。当時の石垣島は、一周道路ができ開拓移民でにぎわい敗戦後の混乱から一歩あゆみ出したところだった。【石垣市『八重山写真帖』下巻より】

らないが、年月をかけて症状が進むと重い後遺症をもたらす。

知覚麻痺で痛みや熱さ冷たさを感じにくくなり、怪我をしても発見が遅れるため重症化しやすい。その結果手指や足の切断にいたるケースもある。また、顔や手足の変形も運動神経障害による後遺症である。

ハンセン病は紀元前から世界各地の文献に登場し、日本では『日本書紀』にも記述されるほど古くから知られた病気である。伊波敏男《いはとしお》は、「仏教の民衆化とともに『癩病は業病』という考え方が定着していくことになる。ハンセン病は仏法誹謗の悪業の報いで罹《かか》る。あらゆる病気の中で、宿業の罪が一番重く、『宿業の因縁故に治し難し』と言われ、因果応報の典型例にされてしまった。日本の民衆伝聞でも、患者を火葬すると周囲七里が穢《けが》れ、その結果、飢饉を招来するとまで言われた」（伊波敏男『花に逢はん』日本放送出版協会・1997年）と書いている。

業病のほか天刑病、遺伝病などともいわれ、ハンセン病は昔から偏見と差別のなかにあった。

さらにハンセン病患者にとって不幸だったのは、国が隔離政策をとったことだった。1907（明治40）年に国は法律第一一号「癩予防ニ関スル件」を公布、1909（明治42）年全国5か所に公立療養所をつくり患者を隔離した。医師に患者を診察したら報告するようにと義務づけ、入院を拒否する患者には行政官の命令で強制入院させることが規定された。

同年、沖縄でも療養所設立が計画されたが、住民の猛反対にあい頓挫した。沖縄は第五区（九州）に編入された。沖縄にハンセン病療養所ができたのはそれから22年後。1931（昭和6）年宮古島《みやこ》に県立宮古保養院（現・宮古南静園）、そして1938（昭和13）年には沖縄本島北部の屋我地島《やがじ》に国頭《くにがみ》愛楽園（現・沖縄愛楽園）ができた。

宮古にはできたが、八重山《やえやま》には療養所はできなかった。

宮古諸島と八重山諸島は沖縄本島のさらに南に位置し先島《さきしま》と呼ばれる。同じ先島なので宮古・八重山とひとくくりにされたり、何かと比較されることも多い。

八重山は、正吉が生まれた石垣島（石垣市）、竹富《たけとみ》島・西表《いりおもて》島・小浜《こはま》島・黒島・新城《あらぐすく》島・鳩間《はとま》島・波《は》照間《てるま》島（以上、竹富町）、与那国《よなぐに》島（与那国町）などからなる日本最南端の島々。与那国島から台湾までの距離はわずか110キロである。

八重山にも療養所設置が3回計画されたが、住民の反対運動や財政難で実現しなかった。

1916（大正5）年、法律「癩予防ニ関スル件」の改正により、療養所長に懲戒検束権が与えられ、在園者の処罰が法的に認められた。その半年後、内務省保健衛生調査会委員の光田《みつだ》健輔《けんすけ》が西表島などを調査のために来島した。

マラリア調査の名目であったが、琉球新報が「實《じつ》は癩病患者隔離地調査に行くものゝ如し若《も》し八重山をして人の嫌悪する癩病患者収容地とせんか漸《ようや》く事業家に嘱望されたる八重山の事業は阻害され遂には全く廃村となるやも計られず八重山島民たるもの眉に唾して光田氏に對《たい》すべき也」（1916年9月8日）と報じ、それを知った八重山では猛烈な反対運動が起きて郡民大会が開かれ、反対決議がなされた。

調査の翌年公表されたのは、西表島東部3か所（仲間《なかま》・南風見《はいみ》、古見《こみ》、高那《たかな》・上原《うえはら》）に合計3万人のハンセン病患者を収容する癩村をつくるという構想（「沖縄県岡山県及台湾出張復命書」）であった。

1906（明治39）年の調査では全国の患者数は2万3815人であったので「三萬人ト假定」すると光田は書いている。

その内容は、「結婚を希望する男女について男性は輸精管切断、女性はX線放射により妊娠不能にする。村には裁判所、警察、監獄を設置する。監獄にはハンセン病の受刑者を入れる。患者には農業、漁業、林業その他をさせるとした。さすがに復命書にはないが、台湾、朝鮮の植民地から女性を連れてきて女郎屋を経営する計画もあったという」（大田静男「八重山のハンセン病」『月刊やいま』2011年5月）。

光田の西表島癩村構想は西表島が遠島のため内務省が反対し実現しなかったが、正吉が高校進学のためのちに入所する最初の国立療養所長島愛生園《あいせいえん》設置へとつながった。

八重山療養所の設置計画は、1933（昭和8）年から15年間にわたって実施された国による初めての沖縄振興策である沖縄振興計画にも盛り込まれたが、実現しなかった。

大浜村には小さな隔離舎ができた。「字《あざ》大浜の美挙」として新聞が次のように報じている。

「同字の癩患者が家族と同居しているので公衆衛生に影響すること甚だしく、字会で協議の結果隔離舎（茅葺）を設け隔離すること、なり費用として金二百円を字会より支出すること、なつた。同舎は九尺に三間の七棟で近く建築に着手すること、なつた」（『海南時報』1936年9月26日）。

これはしかし隔離舎であって、治療のできる療養所ではない。療養所のない八重山では、差別された患者たちの多くは人里離れたところに小屋を建てて暮らしていた。竹富島の北端のヤラールというところにも患者たちの小屋があった。

石垣島の宮良《みやら》にも患者たちの小さな集落があった。前田島《まえたじま》正夫が次のように証言している。

「部落から離れたところに、らい病の人たちがおるところがあって、宮良川の傍に集落があったんです。畑の番小屋みたいなバラック小屋が五、六軒ぐらい。（略）八重山では、この病気のことを『クンキャ』と呼んでいたんですね。私は自分がこの病気になってからは、らい病の人が怖かった。そんな人が歩いていたら、その足跡を踏まずに飛び越えたりするくらい怖かった」（『沖縄県ハンセン病証言集宮古南静園編』宮古南静園自治会・2007年）

宮里《みやざと》キヨ子は与那国島での様子を次のように語っている。

「私たちは、部落から離れた畑のところに小屋を造って暮らしていたよ。小屋の側にはガマがあって、水を汲んだり出来るところがあったよ。部落内には住まなかった。お父さんはお米や芋を作っていて、それを魚なんかと物々交換していたよ。周りはいろいろ噂はしていたはずだけど、みんな生きるためには必死だからね。部落の伯父さんの家までは行くけど、同じ年頃の子と遊ぶことはなかった。いつも自分ひとり、遊び相手は山羊や鶏なんかだったよ」（『沖縄県ハンセン病証言集宮古南静園編』）

療養所がなかった八重山では、とくに愛楽園ができた1938（昭和13）年以降、患者たちは強制的に集められ、海をわたって愛楽園や南静園に送られた。これらは「八重山収容」と呼ばれ戦中・戦後に3度おこなわれた（後述）が、個別に内地や台湾の療養所に入所した人もいる。

つづいた隔離政策

「療養所」について、『世界大百科事典』（平凡社）は「病院の一種で、とくに結核、精神病、癩病など慢性疾患を対象として、長期に及ぶ入院患者を収容する医療施設」としている。病気が治れば退院できるのが医療施設・病院である。ところが、ハンセン病患者は療養所に隔離され多くは病気が治っても外に出ることを許されなかった。戦後、「軽快退所」が許されるようになっても、らい予防協会、保健所、病院、役所などに徹底的に監視された。

国が隔離政策をとり、ものものしく強制収容をすればよっぽど恐ろしい病気なのだと国民は考える。偏見と差別は増幅され、1930（昭和5）年ごろから全国で競い合うように「無癩《むらい》県運動」がおこなわれた。癩を無くそう、目の前から一掃しようと国を挙げてハンセン病絶滅政策がおこなわれたのである。それは戦時体制の社会状況と軌を一にする。療養所のなかでは、不足する労働力を補うため入所者は作業を課せられ、断種・堕胎もおこなわれた。

1931（昭和6）年、法律第一一号「癩予防ニ関スル件」は改定されて「癩予防法」と名を変え、隔離対象をすべての患者に拡大し隔離政策は強化された。

戦後になるとプロミン等の使用により入所者の多くは回復者となっていくが、しかし「癩予防法」は1953（昭和28）年「らい予防法」と名を変えただけで、1996（平成8）年に廃止されるまで隔離政策はつづいたのである。

病名について、1952（昭和27）年に全国国立療養所ハンセン氏病患者協議会が癩病をハンセン病と改めるよう要請したが、政府は改めることをしなかった。

一方で、特効薬プロミン、ダプソン等の登場によってハンセン病は治る病気となっていた。日本では1946（昭和21）年からプロミンの試用が開始された。愛楽園でも1949（昭和24）年からプロミン注射がはじまっている。

1954（昭和29）年の「MTL国際らい会議」報告書は、「特殊ならい法令は廃止され、らいも一般の公衆衛生法規における他の伝染病の線に沿って立法されることが望ましい」としている。

さらに1958（昭和33）年に東京で開催された第七回国際らい学会の社会問題分科会では、政府がいまだに強制的な隔離政策を採用しているところは廃棄するよう勧奨すると決議された。同会議に参加した琉球民政府公衆衛生福祉部長マーシャル大佐は、記者会見で「らい病はもはや不治の病ではないので、これまでのように収容所に入れて治療するだけではなく、在宅で治療する方法を講じたい」などと発言し「マーシャル旋風」と話題になった。

ところが、治療体制が確立されハンセン病が恐ろしい病気ではないことがわかっても、国は隔離政策をやめず、ハンセン病患者に対する偏見や差別はつづいたのである。

沖縄では敗戦後、米軍支配下の琉球政府でハンセン氏病予防法が公布され（1961年）、退所、在宅治療がうたわれたが、「全体的には本土のらい予防法（昭和二十八年制定）を踏襲した形」（『沖縄県ハンセン病証言集宮古南静園編』）であった。

らい予防法が廃止されたのは1996（平成8）年であった。

大田静男《おおたしずお》は長くつづいたらい予防法の時代を次のように書いている。

「九十年以上に及ぶ『癩予防法』によって国は虫けら同然にハンセン病者たちを扱ってきた。恐ろしい伝染病だから強制収容、隔離は当然、不法な断種、堕胎や手術が行われ、強制労働に駆り出された。園長の方針に従わないのは監禁室送りとなった。療養所は高塀や有刺鉄線がめぐらされ、入所者の声は外に届くことはなかった」（「八重山のハンセン病」）

現在の日本ではハンセン病の発症はないが、世界的には約20万人の発症があるとWHOは報告している。

八重山収容

宮良正吉が島を出た1956(昭和31)年の石垣島は、島外からの開拓移民でにぎわい、前年には念願の島一周道路が完成して、戦後の混乱期から一歩踏み出そうとしているところだった。しかしハンセン病に対する偏見・差別は相変わらずであった。ハンセン病に詳しい医師はおらず医療施設もなかった。正吉は島を出なければならなかった。

正吉が愛楽園に入所するために島を出たのを同級生の新垣幸子はまったく知らなかった。「いつの間にか見えなくなったので、どこかに転校していったのかと思っていた」と言う。大濵永亘《おおはまえいせん》は「突然いなくなったので、転校していったか、もしかしたらイトマン(糸満)に売られたかもと思っていたよ。ウチの前あたりはイトマンの網元の家が多かった。売られてきた子どもたちをたくさん見ているから、イトマンに売られるのがいちばん怖かった」と言う。そんな時代だった。

糸満売りというのは、前借金のかわりに我が子を糸満漁夫のもとに年季奉公させるといういわゆる人身売買である。子どもたちはヤトゥイングァ(雇子)と呼ばれた。アギヤーという追い込み漁に多くの労働力が必要だったからだとされる(上田不二夫『沖縄の海人』沖縄タイムス社・1991年)。

沖縄本島南部の漁業の町糸満の人たちは離島の各地に拠点をつくり住みついて漁業を営んできた。石垣島には明治の中期ごろに入ったという。それまで八重山には漁業を専業にする人たちはおらず、島の人々はイノー（サンゴ礁）の浅瀬で魚介類や海藻などを採取する程度であった。豊かな八重山の漁場を背景に、やがて石垣の町の海岸沿いは糸満から移住してきた漁民たちの集落となった。ヤトゥイングァは昭和30年代までつづいた。

ハンセン病療養所のなかった八重山では、1938（昭和13）年、1944（昭和19）年、1949（昭和24）年に患者の強制収容がおこなわれた。「八重山収容」と呼ばれた。写真は1938年のときのもの。【沖縄愛楽園自治会『沖縄救らいの歩み—沖縄愛楽園25周年記念誌』より】

石垣島登野城《とのしろ》の東はずれにも漁民集落があった。アガリグヤ（東小屋）と呼ばれた。その先はアダンやリュウゼツランや雑木の繁茂する荒れ地で、そこにハンセン病患者たちの隔離小屋が立ち並んでいた。しかしこれらの小屋は1938（昭和13）年に焼き払われた。「八重山収容」とよばれる強制収容によって八重山の各地から集められた72人の患者たちが愛楽園に送られたときである。

そのときの様子を、のちにハンセン病に罹患し星塚敬愛園に入所する上野正子《うえのまさこ》が、次のように書いている。

「私が小学四年生のときにらい部落といって、そこに集団生活している、何家族かの集団生活者がおりましたが、そのときに警察が強制収容でしょうか、愛楽園のできた年だと思いますが、そのとき港からではなく、遠く離れた港の浅瀬のほうから、縄梯子で警官が何人か縄を引っ張って、その中を患者を収容している場面というのは本当に恐ろしいありさまでした。そして患者の人たちは頬かぶりをして、タオルで顔を隠しながら、編み笠をかぶったように、深い帽子を被って、妊婦もおりましたし、家族でしょう、夫婦になった人たちの集団の、らい者の家族でしょうか、そういう人たちの収容を見たことがあります。そしてそのときに同じ桟橋から船に乗せればいいのに、遠浅の遠くのところから愛楽園に収容されている人たちを見たときに、村中はおびえて、本当にこの人たちは何の罪を犯して、こんなに巡査が何人もついてかかって、この船に乗せてダンペイ船というんですか、ぽんぽん船に乗せて愛楽園に運ばなければならないかということは、強制収容の実態を見た恐ろしさを私は今も忘れることができません」（上野正子『人間回復の瞬間』南方新社・2009年）

この収容は愛楽園開園式（1938〈昭和13〉年1月10日）に間に合わせるようにしておこなわれた。10月21日、愛楽園の塩沼園長ら3人が石垣港へ入港。それまでには警察が患者たちを集めて送り出す準備が整っていた。

当時の警察署長は大舛《おおます》久雄（のち1944年に八重山支庁長）。収容に同行した三上婦長は大舛について、「救癩の熱心家にて、當時同勞の當銘《とうめ》警部補と共に署員一同を督勵して、今年二月より、晝夜兼行努力され、徹底的の収容めざして活動せられし由にて、船も十九噸の○○丸といふ発動機船を貸《ママ》り受け、患者も、與那國の他は皆下處に集めて待機せしめ、それぞれ準備し手落ちなく整えてあったのには、一驚を喫したのでありました。眞に此の署長ありてこそ頭の下る思いが致した事でありました」

（「八重山収容記」『沖縄県ハンセン病証言集資料編』沖縄愛楽園自治会・２００６年）と書いている。

当時の新聞は、「八重山署員の活動と町村当局協力」で「レプラ患者一掃」「レプラの清掃事業完成」と書いた。大田静男は「収容患者をゴミ同然に扱っている」（「八重山のハンセン病」）と憤る。

その後、八重山での大規模な収容は１９４４（昭和19）年の日本軍による収容、１９４９（昭和24）年の米軍による収容がある。いずれのときも差別的で悲惨な場面を現出した。

太平洋戦争末期の１９４４（昭和19）年に沖縄に駐屯した第三十二軍は、患者の強制収容を実施した。「沖縄作戦ニ於ケル第六十二師團戦闘經過ノ概要」には「沖縄地方ニ於テ癩患相当多数アリ感染防止ニ就テハ各部隊ニ於テ之ガ予防法ノ徹底ヲ期シ地方患者ハ軍ニ於テ集結収容セシタメ影響スル所ナカリキ」と記されている。戦争遂行のために患者を「影響がないように」収容したと言っている。

平良《たいら》トヨミは、「戦争中だから、この病者がいるお家はみんな密告されて、憲兵隊が来た。島にも兵隊来たよ。島には日本軍の基地があったから強制的に（療養所に）行かす感じだった」（『沖縄県ハンセン病証言集沖縄愛楽園編』沖縄愛楽園自治会・２００７年）と証言している。

また、敗戦後の１９４９（昭和24）年におこなわれた米軍による収容のときの屈辱的な様子を金城《きんじょう》三郎（仮名）が次のように語っている。

　ＬＳＴ（米海軍の戦車揚陸艦）っていったら、二階よりもっと高いんじゃない。その時、タラップから乗せずに船の反対側に渡し船を着けて、上から縄梯子を下ろしてある所。「何でタラップから乗せないか」と聞くと、衛生課長が「向うから乗せるわけにはいかない」と言う。（略）

年寄りは乗れないんだよ。両方の手が不自由していて、足もあんまり達者じゃなかったようだ。どんなにして乗せたと思うか。ロープを降ろして、腹を括って、豚の首でも上げるように船員たちが吊り上げたんだよ。あれを見た時には、もう今からそのまま飛び込んで帰ろうと思うぐらい腹が立った。結局、付き添いの人たちはタラップから上がってきた。

船に上がって一時間ぐらいした頃、隣りの家の人がくり舟で、お袋を乗せてきてくれたんです。声をかけても、もう話もできないさ。だから仲間が縄梯子を上がってきて、風呂敷包み私に渡したよ。中には服なんかあって、B円で五千円を入れてあった。お袋は船の下で泣いていた。

私たちは、船の甲板にドラム缶三本をロープで括って、ここから一歩も出てはならないと隔離されたわけ。で、そこには鉄板の上で敷物もない、トイレもない、何もない。被るものもない。十月でしょ、冷たいんですよね、特に夜は。もう情けなくて。（略）一晩一睡もできなかったよ。八重山から収容された時のことは、本当に人間の扱いじゃなかった（『沖縄県ハンセン病証言集宮古南静園編』）。

当時、石垣町衛生部長大濱信賢《おおはましんけん》が「癩患者輸送に當つて」という文章を『八重山タイムス』（1949年7月28日）に寄稿している。

「軍政ふの温情と當部の計畫に基いて八重山出身癩患者六十一名（石垣市二十名　大濱町七名　竹富町五名　與那國町二十九名　内女三十二名　重症六名　輕症五十五名　計六十一名）を愛の天使LST六十八號に二十六日午前五時を期して乗船完了（略）無事に出発せしめ得た事は八重山の公衆衛生上又患者個人

衛生上洵に慶賀に堪へない所であります」

同時に「持つべきものを持たなかったことを痛恨」していると書いている。療養所のことである。「即ち療養所を郡内に設置して薄倖なる彼等に療養の便宜を計る事は八重山の公衆衛生上からまた患者自身の立場から是非必要であります　現在宮古南静園沖縄愛楽園に居るかん者各位は『同じ療養を受けるなら郷土の山河の見える所で療養を受け度い』と熱望して居ります」と。

収容の直前、八重山民政府衛生部が事前に患者等に配布した文書であると思われる「療養お勧め」のなかに、救癩協会を設立して八重山に療養所を建設しようと計画したが、莫大な予算がかかるので「到底短日月に出来る可能性が無い事をさとりました」。それで、琉球政府衛生部長スミス大佐に「歎願」したところ、沖縄愛楽園に入所できるようになったと書いてある。

その後も八重山に療養所はできなかった。

患者が送り出されたあと、患者の家は徹底的に消毒された。クレゾールやＤＤＴなどの消毒液が使われた。南静園に向かう途上、たまたま海が大荒れのため船が引き返し家に戻った大嵩しげるは「家が臭いんですよ。クレゾールだったと思う。もう臭いがひどくて『どうしたの』と言ったら、保健所が来て消毒したというわけ。私の家と職場、そのうえ仲の良かった友達の家まで消毒されていて、もうがっかりしたね」（『沖縄県ハンセン病証言集宮古南静園編』）と語っている。職場や友人の家までも消毒されたのである。

一斉収容で収容されなかった患者は、「発見」され次第そのつど療養所に送り込まれた。１９４９（昭和24）年の収容以降は、ほとんどが正吉のようにそれぞれで入所したようである。

徳田祐弼と松岡和夫

自ら内地や台湾の療養所に入所した者もいる。宮古保養院（現・宮古南静園）や国頭愛楽園（現・沖縄愛楽園）ができる以前は、療養所に入るには内地や台湾に自分で行くしかなかった。徳田祐弼《とくだゆうすけ》もその一人である。『主の用なり—故司祭バルナバ徳田祐弼遺稿・追悼文集』（徳田その・1985年）から彼の足跡を追う。

徳田は1900（明治33）年石垣島大川《おおかわ》に生まれた。18歳でハンセン病を発病し、「醜い末路を想像し絶望のあまり服毒自殺を計った」が兄に見つかって一命をとりとめた。

旧制第五高等学校（熊本）に通っていたことのある従兄にすすめられ20歳のとき熊本回春病院へ入院。ハンナ・リデル院長に「貴男は今から私の子供です」「イエス様を信じて良い子になって下さい」と言われた。「気高い方だと思った。沖縄ではハンセン氏病など人間の中にはいらない。思わず熱いものがこみ上げてくる。よい病院だ。入院して良かったと思った」

洗礼を受け治療に専念して無菌となった。28歳のとき社会復帰して大阪で就職し車の免許も取得したのだが、「主の用なり」とリデル院長に呼び戻されて、種子島から沖縄伝道へ。沖縄では愛楽園創設に奔走した青木恵哉《あおきけいさい》らと活動を共にした。

そして伝道のため9年ぶりにふるさと八重山へ。1929（昭和4）年からの2年間で数回八重山を訪れ、「病友」たちを療養所へ送った。

家族は喜んだ。自殺を企てた私が、身も心も生れ変って同病者の伝道に司祭のお供をして郷里に帰るなど夢にも想像しなかっただけに、母などは「お前を先にあの世に送った後でないと目をつぶれないと、お前のことが心配だったのに、イエス様の子供になった。もう安心、いつでも死ねる」とよろこんだ。（略）家族はよろこんで裏座を提供してくれた。一週二回夜暗くなって集まることにした。大楓子油《だいふうしゆ》（＊当時のハンセン病治療薬）の注射もした。きわめて軽症な女性二人を回春病院に送った。さらに、一計を案じ台湾の楽生園に病友を送ることを計画した。台湾は近いので八重山との交通は頻繁で、人々は台湾へ台湾へと移住した。（略）軽症の病者に秘策を授けた。「台湾の台中に働いていたが体の具合が悪いので楽生園に行って診察して来いと知人にすすめられて来た」と言わしめ、いわゆる門前収容に、まんまと成功した。（略）今度はあらかじめ許可も受けず、重症の患者二人を紹介状をつけて、宮古南静園の家坂園長のもとに伝馬船で送った。収容されたが、同じく今後の収容は出来ぬ、と断られた。その後は回春病院に送った。

このふるさと伝道のときに徳田は、アガリグヤの先にあった隔離小屋を訪問している。回春病院に送られた「軽症な女性二人」のうちのひとり石垣美智が次のように書いている。

「先生は隔離された町はずれの東海岸地帯にあったみすぼらしい茅葺の掘立小屋の病友たちのために毛筆で綺麗に書かれた讃美歌を準備されランプの灯りの部屋でそれを掲げて共にうたい共に祈り、感謝を捧げたものです。その後先生が優しく説教をなさいました」（『主の用なり』）

時期は違うが、松岡和夫《まつおかかずお》も徳田のすすめで療養所入りをした一人である。１９４１（昭和16）年５月、帰省中の徳田を叔父に教えられて訪ねた。最初の八重山収容から3年後である。松岡和夫『自叙伝・私の勲章』（2000年）より引く。

（体格のがっしりした大きな方だなー）というのが、徳田先生に対する私の第一印象でした。（略）警察官が来て療養所に行けと言っていること、徴兵検査前の苦悩、死ぬことばかり考えて暮らしていることのほか、国立療養所内の生活のことなどを私は徳田先生にお訊ねしました。（略）私は療養所というところは監獄のような所で、入所したら二度と外に出られない所だと思っていましたが、徳田先生から療養所での食生活のこと、住居のこと、治療のこと、図書館があることなどを聴いて、私の心の中にあった療養所に対する恐怖感は払拭されました。

警察官の訪問とまわりの人々の反応は松岡にとって相当なショックであった。

警官は白い制服を着て、白い帽子を被り、キラキラ光る腰のサーベル（剣）をガチャガチャ鳴らして、私の家にやって来ました。あの頃、庶民の間では警官は「泣く子も黙る」と言われるほど恐れられていましたよ。その警官がやって来ました。（いつかは来るだろう）と思い、覚悟はしていたものの、いざ目の前に来られると心臓がドキドキしました。警官は馬小屋の前で、麻袋に堆肥を入れて、その袋を赤毛の島馬の背に積んでいる私に「いつまで、ここ（家）にいるのか。早く療養所に行きなさい。」と言った。「はあ……」私は馬の手綱を取って門の方に行くと五・六人の婦人や男の年寄りたちが立っていました。みんな好奇の眼で門の方から我が家の屋敷内を見ている所へ、私が馬を連れて来ると人垣は開いたので私は人々に目礼して畑に行きました。

友人の何人かは松岡家に寄りつかなくなり、散髪屋にも行けなくなった。2度目の警官の訪問で、「もう死んだ方がましだ」と思い自殺を思いたったが失敗。「私はどうしたら良いのか分からず、悲嘆に心は打ちひしがれて、自分を産んだ親を恨ん」だ。自殺を考えた理由について「警官の訪問を受けて将来への絶望感に陥ったこと、男子の義務である徴兵検査が控えていたことに対する不安と恐怖、徴兵不合格に因る悲哀と家庭の不名誉などが、冬の荒波のように私の心を侵食する巨大なものに私は怯え、私は死ぬことを日夜考えていたのです」と書いている。

松岡は徳田の手紙をもって鹿児島の星塚敬愛園に入所した。

当時、徳田も敬愛園の入所者であった。1932（昭和7）年、リデル院長の病気を知った徳田は沖縄伝道から回春病院に戻り院長逝去後もそこにとどまっていたが、1936（昭和11）年、林文雄敬愛園園長の講演で声を掛けられ、それをきっかけに敬愛園に移った。徳田は「私は林園長の高潔な人格と熱烈な信仰に傾倒した」と書いている。敬愛園では自治会長を務めた。

敗戦から2年後の1947（昭和22）年5月、日本全国のハンセン病療養所から「帰還」を希望する奄美・沖縄出身者200余人が佐世保を発って愛楽園に移った。帰還患者代表は徳田であった。そのときの様子を松岡和夫が次のように書いている。松岡は全盲で手足の不自由な「親《しん》さん」を背負っての帰還だった。

「私たちが上陸した所は納骨堂（現・青木師頌徳碑）の左側の浜辺でしたが、たくさんの寮友たちが喜んで迎えてくれたことと、岸壁に白い鉄砲百合が咲いて五月の風に香り揺れていたことが印象的で懐かしく思い出されます」「徳田代表から『この広場に座って下さい』と言われたので、私は今の納骨堂辺の芝生に親さんを下して、親さんの傍らに座りました。そして『親さん、よく頑張ったね。沖縄に来たよ』と言って親さんの手を取って芝生の間にある砂地を触れさせました。すると親さんは屈んで、唇を土につけてから、『松岡さん、沖縄の土は温かいね。温かいね。沖縄に来たんだね』と言って涙を流しながら、全く感覚のない掌で緑の芝生を撫でていました。私も親さんの仕草を見て涙しました」「それから一歩園内に入ると焼失した建物跡のコンクリートの弾痕に激しかった戦争を思わされ、心が痛みました」（『自叙伝・私の勲章』）

愛楽園に移ると徳田は帰還区域の区長となった。そして1949（昭和24）年から1960（昭和35）年までの間に6期愛楽園の自治会長（当時は入園者共愛会総代といった）をつとめた。愛楽園では青木恵哉と再会した。

自治会の役職を退いた徳田は1961（昭和36）年から愛楽園内の祈りの家教会の教会委員長として「青木恵哉伝道師と鬼本司祭を助けて働き」（岡本和夫）、1963（昭和38）年伝道師に認可、1966（昭和41）年には青木と共に執事に叙任された。そして、1969（昭和44）年に司祭となり、14年後の1983（昭和58）年5月28日、83歳の誕生日に天に召された。

当時の愛楽園園長犀川一夫は弔辞で「愛楽園の創設とその復興は、実に青木恵哉先生の開拓者としての苦悩の祈りと、徳田先生の御努力の賜物であります」と感謝を表している。徳田を「兄貴」と呼び親交のあった元琉球米軍民政府公衆衛生部長スコアブランドは追悼文集で「兄貴ほど入園者の福祉のこと、園の建設のことを真剣に考え、全身全霊を傾けて行動した人はいなかった」と書き、「プロミン治療薬を希望者全員に注射できるように入れてほしい」と兄貴に陳情されてそれに応えたエピソードを披露している。

徳田は豪放磊落、情が深くて面倒見がよく多くの人に愛され信頼されたようである。帰還団に付き添って屋我地に入り、鹿児島の星塚敬愛園に戻らずそのまま愛楽園に勤務した看護婦の井藤道子は次のように書いている。

屋我地へ上陸してから後は、よく徳田師のお部屋をお訪ねして、苦楽を共に語り合いました。徳田師のお部屋へは、星塚からの引揚者がよく集り、集ると人々は、屋我地島での生活と星塚を比べて、星塚を恋しがり、引揚げて来たことを悔いてこぼしたものでした。徳田師は、そんな時いつも私の肩をたたいて、「お前たちはぜいたく言うな、井藤さんは着た切り雀の上陸で、着替えの服も持っておられず、いつも園から貰った白衣で過ごしておられるんだぞ！」とおっしゃっては、私の手を両手でしっかり握って「元気で頑張って下さいよ」と、励まし力づけて下さいました。徳田先生は、嬉しい時にはお腹をゆすって、からからと大きな声で笑われ、感動なさる時、また悲しい時には、大きなお眼に涙をいっぱいたたえられました。その折々のことが、次から次へと思い出されて来て、思い出は尽きません。（『主の用なり』）

大郷博は「徳田先生の笑顔」と題して、「私は徳田先生の笑顔が好きだった。先生のそれは目もと、唇許の小手先だけの笑いではなく、あの巨体全てを顔とした、実に豪快な笑い、笑顔だった。話に興じてくると、話の先回りをするかのように合づちを打ち、『ウフッ、ウフッ、ウッハッ、ウッ、ハー』と涙を出しながら腹の底から大声で笑われる先生だった。心の中が綺麗でないと、少しでも邪気があると、あのような笑いはできないと思う」（『主の用なり』）と書いている。

徳田に導かれ、敬愛園時代から「徳田のおじさん」と呼んで親しくつきあってきた松岡。ある日、「和夫、伝道師になってくれんか」と頼まれた。「自治会活動に充実感を覚えているので」と断った。翌日またやってきた。学歴もないし、神学を学んだこともない、私は自治会の方が……。すると徳田は、松岡を指さし、「主の用なり」と言った。

「『主の用なり』と言われると、もうお手上げで、返す言葉がないですよ。私は徳田先生のその御言葉に降参して伝道師になることを決心いたし、徳田先生によろしくお願いしますと頭を下げました」（『自叙伝・私の勲章』）

こうして徳田のあとにつづいた松岡は、徳田を看取り、遺稿追悼文集『主の用なり』を編んだ。

正吉、愛楽園へ入所

正吉は兄と一緒に「収容所みたい」に高い塀で囲まれた門の前に立った。場所は、沖縄本島北部の屋我地島。

「門がガーンと閉まるようになっていて、クレゾールの匂いはするけど、病院みたいではないんですよね」

そこがハンセン病療養所沖縄愛楽園だった。

検査室で耳から採血され、斑紋ができている皮膚を採取された。そして……

「兄との別れは直ぐにやってきました。別れ際に兄の眼が赤く潤んでいたのを今でもはっきり覚えています。園の中を泣きながら、兄を追っかけていました」（「回復者として、あるがままに生きる」）

石垣港での別れにつづいて、ここでもまた悲しい別れがあった。不安につつまれた子ども心を押しつぶす悲しみをどう表現すればいいのか。

愛楽園ではないが、たとえば上野正子の別れは次のようであった。

１９４０（昭和15）年12月の寒い日。13歳の正子は父と一緒に鹿児島のハンセン病療養所星塚敬愛園を訪ねた。沖縄県立第二高等女学校の1年生の冬休み、石垣島に帰省する準備をしているところを連れてこられたのである。父との初めての旅にわくわくしたのも束の間。タクシーに乗車拒否され、歩いてひと晩野宿をしてやっと敬愛園にたどり着いた。診察を終え、宿直室に寝るよう世話をしてくれたのは自治会長の徳田祐弼だった。のちに上野は、同じ石垣島出身の縁で「私は徳田先生のお宅に毎日、遊びに行くようになり、先生ご夫妻には私が結婚する日までの長い間、吾が子のように衣食の面倒まで見て下さいました」（『主の用なり』）と書いている。

私は、その晩はくたくたに疲れて、父も疲れきって、その晩親子で話し合うということも一言もありませんでした。ただ父はうろうろしているような感じですけれども、私も慣れないところで、その晩は寝たんですけど、朝方、まだ一二月ですから、夜が明けないうちに私も目が覚めて、心配でお父さんお父さんと言って、手探りで父の寝ていた場所を探したら、もう父は布団を畳んで、枕も布団の上に置いて、きちんと畳んだ布団があっただけで、父の姿はありませんでした。（略）私は押し入れに隠れているんじゃないか、またそこは二階でしたから、そのはしごの下に父が隠れているんじゃないかと思って、部屋いっぱい探しましたけど、父の姿はありませんでしたので、裸足で飛び出して、園の周りを、ずっと隠れているんじゃないかという思いで、父を、私を置いてきぼりにしたとは信じられずに、「お父さん、お父さん」と言って、もうどこに家があるかも分からないですけど、最初入った日ですから、人家があるところをのぞいたり、あらゆるところを走って、大きな声でわめきちらしながら、「お父さん、お父さん」と叫びながら父を探しました。（略）父はもう園にはおりませんでした。（略）私を置き去りにして行った父が恨めしくて、私は、なぜ父がこのように私をここに捨てに来たのかという思いで、私はもう手紙が来ても絶対受け付けないよという気持ちで、どうして昨日までこんなにかわいがられたのに今日の仕打ちは何だという思いで父を恨みました（『人間回復の瞬間』）。

兄に「置き去り」にされて正吉が愛楽園に入所したのは、1956（昭和31）年4月6日だった。すぐに子どもたちが暮らす少年少女舎に入れられ、園内にある澄井小学校5年生となった。入所したその日に少年少女舎に連れて行かれたのかどうかは覚えていないという。

「僕の時は記憶がないんだけど、あとから入所してきた人を見ると、一週間くらい病室に泊まっていろんな検査をして、それから振り分けられましたね」

少年少女舎は、８畳ほどの部屋が少年舎４部屋・少女舎４部屋ずつ。一部屋に多いときで８~９人ぐらいが共同生活をした。みんなが布団を敷くときぎっしりになった。寮父母、寮兄姉がいて子どもたちの面倒をみた。

正吉は、夜になると布団をかぶって泣いた。

「寂しいというよりも、不安で怖いんですよね。はじめて親と別れて生活するんですからね。昼間は遊びに夢中になって忘れているけど、寝る前に一人になったときに、不安に襲われるというか……。あのときにラジオから流れてきたタチウトゥシ（瀧落）という曲の琴の音色が忘れられないですね。今でもあの曲を聴くとあの寂しいときの気持ちを思い出します」

入所当時の正吉。1956（昭和31）年４月、10歳の正吉は兄に連れられて故郷の石垣島を出て、沖縄本島北部屋我地島にあるハンセン病療養所沖縄愛楽園に入所した。【提供：宮良正吉】

トントントントン、トントトトントン……、

鼓動を震わす強い音がだんだん速くなり、ときどき高音から急に低音へ落ちる音が不安をあおる。それが何度も繰り返されて増幅され、そして、哀調を帯びた琴の音が正吉の小さな心臓を幾重にも包んでいく……。

親元を離れ、「収容所」のような場所にとつぜん放り込まれた10歳の少年の胸の内。どれほどの重圧であったか想像に難くない。

「ラジオをよく聴いた。歌謡曲とか、野球とか、相撲とか……。親子ラジオは高いところに置いてあったので、よじ登ってずーっと聴いたのをよく覚えている」――ひとりラジオに耳をつけて聴き入る少年の姿が浮かんでくる。

少年少女舎のみんなとはすぐに友だちになった。

「まわりも気を遣ってくれますしね」

しかし夜の不安と恐怖はなかなか正吉の胸を去らなかった。

「自分は宮良正吉だ」

入所からほどなくして、名前を変えようと言われた。園の中ではほとんどの人が園名で通している。「子どもなりにいろいろ考えたんでしょうね。しかしウンと言えなかった。自分は宮良正吉だ、と。だから変えない」そう答えた。

親きょうだいや家から離されさらに名前まで失うことは、さすがに子ども心にもすべての支えを失うように感じられたのだろうか。または、別の世界に連れて行かれるのではないかという不安を直感したのだろうか。あるいは、その後の人生に垣間見える一徹さを正吉少年はその頃からすでに持っていたのであろうか。

正吉の1年あと（1957年）、中学2年で愛楽園に入所した伊波敏男は、園名をつけられた時の様子を次のように書いている。

父親と一緒に園内に入ると、自治会長、少年舎寮父、教師の3人が待っていた。

「ひとしきり説明が終わると、寮父はこう告げた。『愛楽園事務本館から、連絡がきています。お子さんの名前を、今日から変えることになりますが、ご了承ください。名前を偽名に変えるのは、親戚縁者へ塁が及ばないようにするための配慮です……。田尻先生が、お子さんにいい名前を選んでくださいました』『……。結構です』『セキグチ　ススムという名前です。大和名前ですが、いい名前ですよ』折り畳まれた紙片を、父に広げて見せる。そこには、墨書で『関口　進』と記されていた」（『花に逢はん』）

名前というと、正吉の父親の名前は正恭、その父親は正敦、その父親は正栄である。さらに正得、正冨、正利、正叙、正斯……と遡ることができるのだが、すべて名前の頭に「正（せい）」の字がついている。かつて八重山の士族の一門の男子はこのように共通した一文字を名前の頭につけることで一門の人間であることを誇示してきた。それは一門の結束をかためることにもつながった。

例えば、オヤケアカハチの乱（１５００年）で琉球王府軍に与して士族となったナータフーズ（長田大主）信保《しんぽ》の一門である長栄《ちょうえい》氏は「信《しん》」の字、弟長光《ちょうこう》の山陽《さんよう》氏一門は「長《ちょう》」の字……というふうに代々名乗り頭に一門共通の一字をつけてきた。

正吉の家の一門は上官《じょうかん》氏といい、太宗正廟《せいびょう》は１６２３年の生まれ。正吉の世代は太宗から数えて15代目に当たる。もっとも士族平民の戸籍への身分登録制は１９１４（大正３）年には廃止されたし、最近では一門の末裔であっても名前にこだわらない人も増えたが、正吉の世代ではまだ多くがその風習を踏襲していた。したがって、正吉の５人の兄たちの名前の頭にもすべて「正」の字がついている。

しかし戸籍にはふりがなの記載はない。一門の「正」の字を踏襲しても、ヤマト風に「まさ」と訓読みするのも多くなってきた。八重山人も軍隊に行ったり都会に出たり外との交流が盛んになると名前にも影響がでてきたのだと思われる。

正吉は小さいころから「せいきち」ではなく「まさよし」と呼ばれた。だから、小学校の入学式のときに「せいきち」と呼ばれて返事をしなかった。不思議に思って母に確認したら、「まさよし」でもいいよというので、学校でも、成人してもずっと「まさよし」で通してきたし、ふりがなの記入が必要な書類には「まさよし」と書いてきた。しかし、２００９（平成21）年、ずっと慣れ親しんできた「まさよし」を「せいきち」にした。

ハンセン病回復者であることをカミングアウトしたときである。

「ウチの親父は『せいきょう』だからな。わしは『せいきち』や。親父がつけてくれた名前にしよう思て」と言う。

父親の正恭は大工の棟梁であった。酒が大好きだったという。正吉はときどき空の５合瓶をもたされ量り売りの酒を買いに行かされた。あるとき、どんなに美味しいものかと隠れて酒を舐めてみたけど、「とても飲めたものではなかった」。

「仕事が終わっておいしそうにチビチビ飲んどった。そんな父の膝に座って刺身を一切れもらうのが楽しみだった」

大きな瓦葺きの家だった。正吉によると「家のなかでは三男と四男が毎日取っ組み合いの喧嘩をしていた」というから、相当に広い家だったのだろう。家は祖父の時代につくられた。祖父・正敦《せいとん》は博労で財をなしたのだという。

祖父は三線《さんしん》を弾いた。その祖父が弾いていた三線二丁はいま正吉の手元にある。

「竿は細いんですがね、ええ音でるわあ。大事にしてます」

退職してから始めた三線。

「今は、何が安らぎになるといって、八重山の歌ですよ。八重山の民謡が流れると自然に耳が反応する」と言う。

正吉の手のなかの三線はいま、家族と、ふるさと八重山につながっている。

戦争マラリアと「戦争癩」

愛楽園での暮らしのなかでやがて、入所者はみんなハンセン病という病気にかかった人で、ハンセン病は「外に出ることができない大変な病気」らしいということがわかってくる。自分もまたそうであることを認識し、そして、ハンセン病の歴史や差別などについてもだんだんと知るようになっていった。

「入所してショックだったことは、変形した手足や義足の方が、多かったことです。太平洋戦争で防空壕を掘るのに手足を悪くし、それがもとで切断したとのことでした。入所後、時間の経過とともに病気が治るまでには何年も必要だということもだんだんわかってきました」(『回復者として、あるがままに生きる』)

正吉が入所したのは終戦から11年後である。愛楽園もまだ戦争の傷を引きずっていた。

知花《ちばな》重雄は愛楽園患者の戦中戦後の様子を次のように語っている。

「僕の手は戦争によっての後遺症さ。戦中戦後、壕掘りや食料増産といって作業を無理にしているから。自然と手は鍬を握るさな、握るとどうしても無理するから悪くなっているんだよ。指先が麻痺しているから、傷の治りも悪いさな。あの時分は(指を)落とせば治りは早いからね。そういう時代だったから。僕らだって戦がなければ、こんなにはならなかったんだから。戦争犠牲者って言いたいよ」(『沖縄県ハンセン病証言集沖縄愛楽園編』)。

戦争。あの戦争がなかったら自分もハンセン病にかかることもなかったのではないか、と正吉は思ったりする。

「終戦の7月に出生。こんな状況下で、物資もない時代の貧しい生活のなか、9人目の私を生みそだてた母に大変感謝しています。栄養失調、赤痢、アメーバー、マラリアで死亡しても全く不思議ではありませんでした。当時は衛生状態も悪く、ハンセン病に感染しやすい環境だったといえます」(「回復者として、あるがままに生きる」)

正吉が生まれたのは1945(昭和20)年7月27日。終戦の19日前。戦時中で大変な時期であった。「避難地」から戻ってすぐに生まれたのだという。

生家は、四カ字《しかあざ》の新川《あらかわ》にあった。四カ字というのは、石垣島の中心街をなしている四つの字(東から登野城、大川、石垣、新川)をいう。琉球王府時代からの八重山諸島の中心地である。

終戦の年の6月1日、日本軍の八重山旅団は連合軍の上陸を想定して甲戦備を発令、石垣島住民に対して山岳地帯への避難命令を下した。「一般住民は六月十日までに、軍の指定地に避難せよ」。

強制避難である。ハンセン病の強制隔離と同じである。ここでも国は隔離政策をとる。つまり、邪魔者、足手まといとなる者は隔離する。「避難」という言葉を使ってあたかも住民の命を守るための措置であるように見せかけるが、その実際は、軍隊のための住民隔離であった。ハンセン病政策と同根である。

住民は山岳地帯の決められた場所に地区別に掘立小屋を建てての共同生活を余儀なくされた。新川地区の住民は前勢岳《まいせだけ》北麓のバギナー・ウガドー地区に「避難」した。宮良家も同地に避難したと思われる。ところが、当時の山岳地帯はマラリアの巣窟である。ほとんどの住民がマラリアに罹り、多くの命が失われた。マラリアの巣窟であることを知りながら日本軍はそこに住民を「避難」させたのである。のちにその戦時中のマラリア被害は平時のマラリア罹患と区別するために「戦争マラリア」と呼ばれるようになる。

戦争マラリアがとくにひどかったのは波照間島の住民である。石垣島での避難命令より約2か月前の4月8日、第三十二軍から派遣された陸軍中野学校出身の残置工作員山下虎雄（偽名）によって、西表島の南風見田《はいみだ》に「強制疎開」させられた。ところが南風見田では、山下軍曹の暴虐に加えマラリアが蔓延した。小さな子どもたちがバタバタと倒れていった。

あまりの惨状に識名信升《しきなしんしょう》校長が旅団に嘆願してやっと島に戻ることを許されたが、住民が帰島を開始するのは終戦1週間前の8月7日であった。識名校長は南風見田を離れるとき、浜の石に「忘勿石ハテルマ　シキナ」の文字を刻んだ。

4か月の「疎開」生活で食糧はほとんど底をついていた。島に帰ってみると、屋敷は草が丈高く生い茂って荒れ果て、家畜（避難前波照間島には牛馬800頭、豚400頭、ヤギ1700頭、鶏5000羽がいたとされる）は軍の食糧として処分されていた。大変な食糧難。ソテツを毒抜きして食べるなどするのだが、マラリアが二次感染でさらに猛威をふるって、島は阿鼻叫喚の地獄となった。

『竹富町史』によると、戦時中から終戦直後にかけての波照間島の人口は1671人。そのうち593人（35・5%）が死亡しているが、マラリアによる死者は552人にのぼった。じつに93・1%にあたる。死者のほとんどが戦争マラリアで亡くなったのである。

八重山全体の戦争マラリアによる死亡者は3674人であった。機銃被弾などによる直接戦争死亡者が178人であったことに比べると、八重山の戦争において軍の避難命令によるマラリア被害がいかに大きかったかがわかる。

石垣島の避難地でもマラリア被害が広がり住民は疲弊した。そうしたなか、八重山旅団は6月1日に発令した甲戦備を7月23日に解除したので、住民は山を下りた。

臨月の大きなお腹をかかえた母親の久《ひさ》にとって避難生活はひどく不便なものだっただろうから、人々が山を下りはじめると、宮良家もすぐに自宅に戻ったと思われる。マラリア被害はどれほどだったのだろうか。過酷な環境での生活は宮良一家にも多大な悪影響を及ぼしたにちがいない。

ちなみに、琉球政府立法院第16回議会（1960年2月1日）で討議された「犀川先生お呼び寄せに関する陳情」書に、「琉球における癩発生が今猖獗の域にあることは、戦争癩を加えて、人口一万人に対して二二・二三人の発生に対して、日本は一・一人であることによっても明らかである」という記述が出てくる。戦争癩。すなわち戦争マラリア同様の使い方をしている。戦争が原因でハンセン病を発病する人が増えたと認識しているのである。正吉もまたその被害者の一人ではなかったか。

正吉が背負ったもの

正吉は9人きょうだい（6男3女・うち次男は幼少のころに死亡）の末っ子として生まれた。正吉が生まれた当時島に残っていたのは、両親、すぐ上の姉と兄、祖母、それに正吉を含めて6人だった。残りの子どもたちは台湾に疎開していた。

台湾疎開といえば、終戦の前年1944（昭和19）年7月にサイパン島が陥落し連合軍が迫り来るなかで、政府は奄美・沖縄の老人・幼児・婦女子を疎開させるよう決定。八重山からは2500～3000人が台湾に疎開した（松田良孝『台湾疎開』南山舎・2010年）。

台湾疎開の途中におこった尖閣列島遭難事件は悲惨な事件であった。1945（昭和20）年6月30日に石垣港を出港した最後の疎開船第一千早丸・第五千早丸の2隻は7月3日に空襲を受け、第五千早丸は炎上沈没、第一千早丸は機関故障で尖閣列島魚釣島に漂着した。食料のないこの無人島の45日間で約30人が亡くなった。石垣島舟蔵の海辺に建つ「尖閣列島戦時遭難死没者慰霊之碑」には、沈没時に亡くなった人と合わせて80人の名が刻銘されている。台湾に疎開した人たちは、終戦後大変な苦労をして島に戻ってくるのだが、正吉のきょうだいがみな無事で帰ってくることができたのは幸運であった。戦争は悲惨である。理不尽である。とくに弱い立場の住民にとっていかに過酷であったか。

正吉は、そうした混乱の中で産声をあげたのだった。そしてその10年後、島が混乱から一歩踏み出そうと動き出したころ、正吉はひとり、戦争の理不尽を小さな体に背負うようにして島を出て、愛楽園に入所したのであった。

2章
「選ばれた島」にて

トゥバラーマ

なかなか馴染めなかった愛楽園での初めのころの生活を思い返すとき、宮良正吉の脳裏にまず浮かぶのは崎山《さきやま》のおばさん（仮名）のことである。崎山のおばさんは正吉とおなじ八重山の出身者。当時の愛楽園に八重山出身者は多かった。愛楽園自治会誌『愛楽』12号によると、正吉入所翌々年の1958（昭和33）年当時愛楽園には949人の入所者がいて、そのうち122人が八重山出身者だった。13％弱。かなりの人数である。そのなかに徳田祐弼や松岡和夫もいた。

崎山のおばさんは少年少女舎の隣の一般舎に住んでいて、正吉が窓から顔を出すと、手招きして、自分の部屋に呼んでくれた。

「おばさんにはいつも自分の子どものように可愛がってもらった。配給された食事を自分は食べんと取って置いて、食べなさい食べなさい、腹減ってるでしょ、食べなさい言うてね。わし育ち盛りやからな（笑）」

10歳で家族と離れてひとり愛楽園に入所したばかりの正吉にとって、崎山のおばさんは母親代わりになってくれたのだと思われる。正吉の不安な心をやさしく包み込んで温めてくれたにちがいない。

「指のない手で、いつも服を洗ってくれた。……なんでも自分たちでやらねばならなかった。包帯も自分で巻いて、洗って、干して、乾いたら、縮こまったのをシャッ、シャッとこうして伸ばしながら巻いた。うまかったですよ」

いつものようにおばさんに呼ばれて部屋に遊びに行った時のこと、洗い物をしながらだったか、おばさんがトゥバラーマを唄うのを聞いた。

山ゆ見りば　やいま（八重山）ゆ思《うむ》い出し
海ゆ見りば　生《ま》り島思《うむ》い出し
ンゾーシーヌ　トゥバラーマよ

トゥバラーマは八重山を代表する民謡で数え切れないほどの歌詞がある。前の歌詞はその代表的なひとつだが、「イズスドゥ　ヌシィ（唄う人が主）」と言われるほどかつては庶民が普通にトゥバラーマのメロディにのせて自らの思いを唄った。

当時の正吉にはおばさんの唄う方言の歌詞はよくわからなかったが、静かな哀調がふるさとの空に広がっていくようなゆったりしたメロディは馴染みのものだった。母も手仕事をしながらよくトゥバラーマを唄っていた。懐かしかった。母を思い出した。
「もういっぺん唄ってぇ言うたら、唄ってくれた。……自分の子どものこと思い出してたんやろな。最後は涙ぐみながら唄っていた」

思いが歌になる

愛する子を島に残してこなければならなかった崎山のおばさん。おばさんにはどんな別れがあったのか……。たとえば、4歳の子を残して石垣島から宮古島の南静園へ入所した嘉数《かかず》シゲの場合は次のようであった。

子どもと別れるときの気持ちって、それは一口では言えないよ。「母ちゃんどこいくの」と言うから、「母ちゃんちょっと宮古まで行って来るからな」と言って、長男おんぶしてね、出かけようとすると、「私は連れて行かないの」と聞かれて、「そうだね、母ちゃん少し長くなるかもわからんから、ばあちゃんとおれよ」と言って。

あの時の桟橋に立った娘の姿は着ていた服までも覚えていますよ。飴玉二、三個買って紙袋に包んで渡して「これ食べながら、ばあちゃんと遊んどけな。お利口して遊ぶんだよ」と言って。こんな世の中に生まれて来た私はなんでしょうと思って、船の中で、もう泣き続けたよ（『沖縄県ハンセン病証言集宮古南静園編』）。

母と子。正吉と崎山のおばさんはトゥバラーマ歌の向うにお互いそれぞれの別れた母と子の姿を見ていたのだろう。当時のおばさんの写真を正吉は今でも大切に持っている。

トゥバラーマではないが八重山民謡に「ウニヌヤー（宇根ぬ屋）ユンタ」というのがある。ユンタというのは「結い歌」「読み歌」ともいわれ、三線などの伴奏を伴わずに主に日々の労働の場で集団で唄われてきた古謡である（『沖縄大百科事典』）。だれ唄うともなく、喜びにつけ悲しみにつけそこに歌があった。

「ウニヌヤーユンタ」のトースィは「かづぃまへーユンタ」である。トースィというのは本歌につづいて唄う調子の変わった歌（宮城信勇『石垣方言辞典』沖縄タイムス社・2003年）のこと。その長い歌の最後の歌詞は次のとおり（浦原啓作『八重山ユンタ集』音楽之友社・1970年）。

沖縄《うきなー》おゝらば　宇根《うに》ぬ屋《やー》
御前《みょうまい》おゝらば　船勢頭《ふなしどぅ》
五《いつぃ》ぬ指《うび》　買いおゝり
十《とぅー》ぬ指《うび》　買いおゝり

ハンセン病にかかった妻が唄うのである。著者の解説を見よう。

「宇根は船頭のことで、このユンタの船頭は美人の女房を持って円満に暮らしていたが、その女房がハンセン氏病にかかったため涙を飲んで離縁をした。彼は琉球王朝への貢ぎものを運搬する船の船頭だったからである。里に帰った女房は、両親のもとで少しも不自由しない、とうたいながらも、恋しい夫のことが忘れられず、公用で首里に行く夫に、みやげには五つの指、十の指を買ってかえってくださいとたのむのである。両手の指がすでに曲がってしまったからであろう」

いかにハンセン病が偏見と差別で世間に忌み嫌われようとも、家族親戚の絆や愛しい人への思いは切っても切れない。五つの指を買ってきて、十の指を買ってきて。差別や偏見の陰で唄われる悲しい歌。大勢の中から離れて独りになったときにつよく心うたれる歌。それをみんなが唄い継ぐ。この歌もそういうものだろう。

『宮古療養所昭和十二年年報』に「島民は癩を嫌悪すればその恨みによりて感染するてう迷信を持つものにして、依然癩と交通し、飲食、起臥を共にするの風ありき」と記されている。ハンセン病を嫌悪すればその恨みで感染するよ。世間に対する痛烈な皮肉の「迷信」。これもある意味、患者や家族の思いを託した「歌」ではなかったか。

竹富島出身の入里照男が祖父から聞いたという話によると、島の村なかに住む曽祖母は、ハンセン病の人たちが住むヤラールの小屋に通って彼らの面倒をみたという。彼らに食べ物を与え、彼らの服を煮沸消毒して洗った。彼らは曽祖母の家に来るときには薪を持参した。そして、彼らは八重山収容で島を出ていくときに、村なかの自分の屋敷をお礼にと曽祖母に与えたのだという。

また、彼らのなかにはムヌシリ（物知り・易者）などと呼ばれる人もいて、村人のさまざまな相談を受けていたという。つまり、まがりなりにも患者と村人が共存するかたちが竹富島にはあったのである。

一緒に暮らすということがどれほど大切であるか。暮らす場所が定まっていることがどれほど大切であるか。

青木恵哉と安住の地

しかし竹富島の例はまれなことで、療養所ができる前は患者たちは人里離れた小屋や洞窟に住み、迫害されると安住の地を求めてさまよわなければならなかった。

そんな患者たちにキリスト教の伝道をしながら彼らとともに安住の地を求めつづけた人物が青木《あおき》恵哉《けいさい》であった。そしてその着地点となったのが屋我地島の愛楽園である。青木は自身の著書のタイトルを『選ばれた島』としているが、そこには彼の苦難の足跡と深い思いが刻まれている。

青木恵哉。1893（明治26）年徳島県の農家に生まれ、15、16歳ころにハンセン病を発病。1915（大正4）年1月香川県の第四区大島療養所に入所し1918（大正7）年キリスト教の洗礼を受けた。同年8月に熊本県の回春病院に入院。ここで聖公会の信徒按手を受けて、1927（昭和2）年、沖縄の病者伝道に派遣された。沖縄保養院案が進展をみないなか、沖縄北部の屋部《やぶ》を伝道の拠点としつつ、療養所設置のために屋我地島大堂原《うふどうばる》に土地を私費購入。嵐山《あらしやま》事件・屋部の焼打ち事件などさまざまな試練を乗り越えてついに沖縄MTL（沖縄キリスト教救癩協会）相談所から国頭愛楽園の開設にこぎつけた。また青木は愛楽園内の光生教会（1953年から祈りの家）の主任、会長、司祭をつとめ、1957（昭和32）年にはアメリカ聖公会ハワイ教区から伝道師の認可を受け、1966（昭和41）年に沖縄伝道教区から執事に叙任、1969（昭和44）年3月6日に死去した（『沖縄県ハンセン病証言集資料編』より要約）。

以上が青木の76年の生涯の簡単な経歴だが、青木らにとってもっとも困難な時期であったと思われる嵐山事件から愛楽園設立にいたるまでの様子を、青木の『選ばれた島』から書簡を中心に見てみよう。当時の名護《なご》町周辺にはハンセン病患者が多く、彼らは悲惨な状態にあったという。その様子を青木は次のように書いている。

沖縄にゐる三千の病者とありますが昨年沖縄朝日新聞にありました縣衛生課の発表によれば九百六十幾名なりしか□千名弱でありましたが先づ比較的病者の多い名護町より考えて見まして（略）一つの町内に百名以上一家に三名　四名　一家に二名の匿れて居る家は沢山あります　そして当地の人の病者を嫌ひ恐れることは非常なものです　其家に一人の病者が発生したと聞けばもう其家より第一豚　鶏及仝卵は絶對買はない　次は野菜類　芋に至るまで親類及理解のある人以外に其家のものを食べるものはありませんので村内にあっても殆ど交際絶交となり孤立の状態になりますので自然病者か家族の犠牲になって海岸や墓場に分かれて生活する様になって居ります　然し之れも国頭《くにがみ》郡が最も甚だしいので中頭《なかがみ》郡島尻の方へ行けば殆ど家族と同居して居りまして隔離されて居るものは僅かであり亦恐れ嫌ふ念も少く八重山郡の方などは殆ど嫌はないものか当地方より彼地に行って暮して居る病者さへだんだんあります。

八重山では患者を「殆ど嫌はないものか」というのは違うかと思うが、名護では「孤独の病者の悲惨は想像以上でそれも乞食して歩いて居るものは之亦本人の生活苦は割合楽である様ですが乞食するは恥ずかしい亦足の痛い為と言う様なものに迚《とて》も気の毒なものがあります」と書き、「療養所の出来るまでの間でも何とかして之等の方の生活を保障してあげる方法はないものでせふか　一人一日の生活費十五銭あれば大丈夫であります」と訴えている。

嵐山事件と大堂原座り込み

そんな状況のなか１９２７（昭和２）年、内務省と沖縄県が「五カ年計画」で７か所のハンセン病療養所を沖縄県内に設置することを計画したときに、名護町はいち早く設置申請書を提出した。同時期に申請した宮古の平良《ひらら》町では１９３１（昭和６）年に県立宮古保養院が開院するが、名護では計画がうまくいかなかった。住民の反対が激しかったからである。

県ははじめ部瀬名岬《ぶせなざき》に療養所を計画したが住民の反対に遭ったので候補地を宇茂佐《うむさ》、さらに嵐山に変更。薬草園を名目に土地を購入し工事を開始したが、ハンセン病療養所であることが住民に知れて大反対騒動がおきた。いわゆる嵐山事件である。

１９３２（昭和７）年３月、住民が「竹槍かざして」工事現場を襲撃。そこに今帰仁《なきじん》村民も合流した。今帰仁では５月28日に今帰仁村民大会が開かれ、そこで検束された者たちを取り返そうと約１０００人の村民が名護署を包囲、奪還するという事件もおきた。

６月に入ると羽地村長以下全吏員、全村議が辞表を提出、村役場は機能停止に陥った。５日、嵐山に羽地《はねじ》・今帰仁村民８０００人が一大示威行為。13日羽地校児童５００人がストライキ。27日には１２

0余人の村民が「鍬、鎌を携え」役場襲撃。前村長他15人が起訴された。

青木らも嵐山での療養所建設には反対であった。嵐山は羽地・名護・本部《もとぶ》・今帰仁の水源であり、風当たりが強く、交通が不便であるため不適だとした。屋我地島の大堂原が最適地であるとして県に「癩療養所建設即決陳情書」を提出し、大堂原に天幕を張り座り込みをおこなった。1932（昭和7）年12月のことである。

陳情書には、「同志ノ者相結束シ無抵抗ヲ以テ主義トナシ目的ヲ貫徹スルマデ断食以テ死ニ至ルヲ覚悟シ自カラ屋我地ノ大堂原ニ集合シテ此處ニ保養院建設ノ即決ヲ迫ルモノナリ」と青木らの決意が記され、大堂原について「我ガ屋我地ノ大堂原ニ来リテ見ラレヨ　此處ハ我等ノ別天地数十年昔ヨリ病者ノ安息所亦集合地タリシハ隣接字民ノヨク知ル處」であるとして、「大堂原の歌」を付してある。次のような歌詞である。「天然の美」のメロディで唄われた。

一、此処は屋我地の大堂原　民家を遠くもちはなれ三方海にかこまれて　自なる別天地
二、平地は広く草萌えて　拓けば食料土に充ち　水亦清くうるほへる　天与の備へ此処にあり
三、悲しむ友よ来て歌へ　海は妙なる詩の泉　うかは楽しき歌の国　我等の望此処にあり
四、歌へ喜べはらからよ　迫害イカに強くとも　我等を思ふ皇太后陛下あり　我等を守るは神なるぞ

ところが、青木らの大堂原での座り込みは屋我地住民の襲撃にあった。それで青木らは拠点としていた屋部に戻らざるを得なくなる。1934（昭和9）年1月12日付長島愛生園の宮川量への手紙には、患者を裸にするなど襲撃のときの様子が次のように記されている。

「大堂原の方も二十二名となして居りました処二十七日の夜字青年の襲撃に逢ひ家の一分破クワイせられ二十八日の夜仝字青年五十名の襲撃に逢ひて家は粉ナミヂンに砕き破られて仕舞ひました　そして三十一日まで毎夜家なき患者を襲ひ夜着を奪ひ丸裸として其れを海の潮にひたして患者に投げつけるなど暴行の限りをつくして居りましたが、患者は一切無抵抗祈りと歌の他は何事もせず」

焼打ち事件から愛楽園開園まで

屋部に戻った青木らを待っていたのは、今度は地元住民に住処を焼かれるという迫害だった。いきさつは次のようである。

１９３５（昭和10）年5月13日、首里バプテスト教会において沖縄キリスト教役者会が開かれた。その席上、救世軍那覇小隊長花城武男（八重山出身。大浜の隔離舎建設に尽力した）が沖縄ＭＴＬ（沖縄キリスト教救癩協会）結成を提案。全員賛成でさっそく準備委員を決めて事業がスタートした。

その直前、青木は花城に会っている。5月3日宮川宛書簡に次のようにある。

「此度那覇に滞在中救世軍の花城大尉と数回に渡り懇談の結果（略）極秘裏に大きい救ひの手を動かさんとする計画を立て、居る様です（略）花城氏は大堂原を視察されよい処だなあー‼と頻りに歎賞してゐられました　水は豊富　土地は平坦　民家には関係なく　気候はよし　景色は絶佳言い分なしですか只信仰を中心とした住み心地のよい理想的のものに仕上たい　それのみに関心を以て居ります」

「大きい救ひの手」というのは沖縄ＭＴＬのことだと思われる。その沖縄ＭＴＬが那覇市辻原バクチャーヤの患者30人を屋部に移す計画を立て募金活動をはじめた。そのことが新聞で発表されると屋部の住民が騒いだ。そして6月28日（林文雄宛青木恵哉の手紙より）、青木らが住む海岸の患者小屋を焼打ち、青木らを追放したのである。

青木ら15人の患者は羽地内海の無人島ジャルマ島に避難した。そこは平地面積が100坪に満たない岩だらけの島で、水がなく不便この上なかった。青木の書簡には、「水は毎日二回舟より送搬　薪藷その他の買物看病等々に四五名の比較的健康なものは負ひ兼ねる重い十字架を負ってゐます」とある。

すぐに屋我地の大堂原に入らなかったのは「辛抱の出来る丈は辛抱して字民を騒がす様の事あってはならず　軽率はすべからず」と考えたからである。座り込み時の「襲撃」の再現はなんとしても避けたかった。

そして12月28日、ついに青木ら二十数人（途中各地から参加した患者あり）は大堂原に移動した。沖縄愛楽園開園25周年記念誌『沖縄救らいの歩み』は「屋我地大堂原に水を求めて移住し、背水の陣をしいてこれを死守し、ついに迫害に堪え抜き、1937（昭和12）年5月12日沖縄MTL相談所設立まで頑張り通した」（年表）と記している。

沖縄MTL相談所は青木が寄付した大堂原の土地に建てられた。三井報恩会からの援助9500円に沖縄MTLの募金1000円を加えた1万5000円で開設された。青木ら患者はそこに入所した。

一方、前年の1936（昭和11）年2月、厚生省はらい20年根絶計画を決定。その1万床計画は三井報恩会の資金援助によって4年に短縮され、沖縄の療養所建設もこの計画の中に組み込まれることになった。

そして1938（昭和13）年2月、沖縄MTL相談所の隣に国頭愛楽園（のち沖縄愛楽園）が設置された。そのとき沖縄MTL相談所は患者40人を愛楽園に引き継ぎ発展解消した。11月10日に開園式が行われたが、当時の施設は入所定員250人、そこに310人余の入所者があった。

少年少女舎

宮良正吉が愛楽園に入所した1956（昭和31）年は愛楽園開園から18年。青木恵哉は当時63歳である。後遺症で両足は義足であった（『花に逢はん』）。祈りの家教会の司祭をつとめていた。子どもたちは日曜になるとみんな日曜礼拝に参加し、青木の説教を聞いた。

「青木恵哉がみんなをリードして愛楽園をつくったという経緯は子どもたちもそれとなく聞かされていて、尊敬されていました。徳田のおじさんは園のまとめ役的な存在で、みんなに信頼されていましたね」と正吉は言う。

先の青木の経歴（『沖縄県ハンセン病証言集資料編』）には愛楽園開園後の青木について次のような記述がある。

「愛楽園入所者としての青木の後半生に関する記録は十分に整理されていない。開園後の愛楽園には感謝組と不平組があり、前者を代表する青木は、信仰のむなしさを感じるようになったとされており、またクリスチャン初代園長が離任した戦時中には、敵国スパイだとされ、園内の愛楽学園補助教師を解任され、終戦後しばらくの間まで、同園東海岸の小島での生活を強いられた」

青木が求めた「信仰を中心とした住み心地のよい理想的のもの」であったはずの愛楽園はしかし、国の隔離政策のなかに絡めとられ、また戦時体制のなかで仏教を強要されるなど、青木の理想からどんどん遠ざかっていったと思われる。

そして米軍の統治下。

「クリスマスには、讃美歌を歌いながら劇をやったことを覚えてますよ」

正吉にとってクリスマスは最大の楽しみだった。米軍からのプレゼントが貰えたからだ。チョコレートなどのお菓子や、おもちゃも貰えた。それはふるさとにいたときには考えられないことだった。

「石垣小学校では、当時、弁当も給食もないでしょ。昼休みになると、家に帰って、芋や。鍋から取って、いつも芋を食べた。お菓子は盆・正月に食べれるかどうか。……それが、愛楽園では、脱脂粉乳、マヨネーズ、バター。甘いコンデンスミルクをパンに塗って、たしかにおいしいわ。そういう意味ではええもん食べれた」

もちろん「そういう意味では」の話である。失ったものはどんないいものを食べても補えなかったはずである。しかし、失ったものにいつまでも拘泥するのではなく、おいしいものでもいい、今ここにある未来につながるものをしっかり捕まえなければ。療養所の暮らしのなかで正吉はそう実感したのではないかと、その後の正吉の足跡をみて思う。

なにしろ正吉はまだ初々しい少年で、大人たちのように差別や偏見に直接さらされる経験と歳を重ねていなかった。したがって、自棄《やけ》になったり刹那的な感情をもつことはなかったのではないかと思われる。

しかし、やがて正吉もだんだんと園内のあちこちに潜んでいる暗い影を見ることになる。

「ここから逃げ出すとあの監禁室に何日も閉じ込められるぞ」と脅され、「この病気のことは絶対に誰にも言ってはいけない。必ずひどい目にあう」と諭され、「死んだら解剖されるってよ」という噂に怯え、断崖から飛び降りて木の枝に引っかかった自殺者を目撃したりした。

「試験室で、大きな瓶に入れられたホルマリン漬けの堕胎児の標本も見ましたよ」と言う。

1951（昭和26）年ごろの愛楽園星の原区。正吉が入所したころの愛楽園はまだ戦争の痕跡があちこちに残っていた。建築、農作業、介護など、治療以外は自治会がやった。【提供：沖縄愛楽園自治会】

全国の療養所では、結婚は許されたが子どもを産むことは許されなかった。したがって結婚すると男は断種手術（ワゼクトミー）を強要され、女は妊娠すると堕胎させられた。松岡和夫もその被害者の一人であった。

松岡は１９４９（昭和24）年愛楽園内で結婚。結婚２日後、看護婦が呼びに来た。

「わたしは（ワゼクトミーだなあ）と思いました。それで春子に『治療棟へ行ってくるよ』と言って家を出ました。手術室に入って間もなく親泊先生が入って来られた。手術台に上がって仰向けになった私は（これは春子への愛の証だ）と心に言い聞かせたが涙が溢れた」（『自叙伝・私の勲章』）

そのときに詠んだ歌が、「愛ゆえに妻への愛ゆえと思ほえど涙溢れぬ断種の手術に」である。

それから42年後の１９９１（平成３）年に松岡は「常ならば我にもかかる孫あらむと幼女の髪に赤花をさす」という歌を詠んでＮＨＫの「鮮やかに心を歌え平成百人一首」に入選している。

断種手術・堕胎は戦後もおこなわれていたのである。

そのような環境で育った子どもが中学を卒業してそのまま社会に放り出されたとしたら……。そういう意味でも、進学のために熊本の菊池《きくち》恵楓園《けいふうえん》に移り、そして長島愛生園の新良田《にいらだ》教室で4年間の高校生活を送れたことは正吉にとって重要なことであったように思われる。理不尽で悲惨な歴史の事実を知り将来に備える時間が必要であった。

正吉が愛楽園に入所した翌年、１９５７（昭和32）年の愛楽園の入所者数は９４５人。そのうち54人（男子生徒30人、女子生徒24人）が児童生徒だった（愛楽園自治会誌『愛楽』７号）。

子どもたちは少年少女舎で共同生活をし、治療を受けながら園内の澄井小中学校（設立当初は愛楽学園といった）に通った。以下は、伊波敏男『花に逢はん』から当時の子どもたちの一日の様子。伊波はこの年に中学２年生で愛楽園に入所している。このとき正吉は小学６年生であった。

少年少女舎はブロック建築の二階建て。新築なったばかりで、正吉は「入園してすぐにやったのが、放課後、海から砂利を何度も運んだこと。いちばん記憶に残ってますよ」と語っていた。

一階の４部屋が少女舎、二階の４部屋が少年舎であった。各部屋は16畳の広さで、ひとりに縦40センチ、横60センチほどの机がひとつずつ、1部屋に8人ほどの子どもたちが暮らした。

少年少女舎には寮父、寮母、寮兄、寮姉、それに炊事の「仲本のおじさん」がいて、子どもたちの面倒をみてくれた。

朝6時。寮兄の鳴らすパーランクー（手持ちの小さな太鼓）の音で一斉に目覚める。年長者が「緑色の蚊帳」をたたみ、洗面所で洗面。前庭に出て6時30分からラジオ体操。体操のあとは、その日のウサギ当番と食事当番はそれぞれの任に当たり、他は庭と部屋の掃除をした。そして朝食。朝食のあとは8時まで勉強時間。

澄井小中学校は小学部1学級、中学部2学級の複式学級だった。

少年少女舎の階段に立つ中学1年の正吉。2階建てで、1階の4部屋が少女舎、2階の4部屋が少年舎。1部屋に8人ほどの子どもたちが寮父母たちと一緒に暮らした。【提供：宮良正吉】

午前中の授業が終わり、昼食を済ますと、午後2時から全員一斉の治療時間。午後4時ごろまで学校にいて、その後夕食をはさんだ午後7時まで自由時間。7時から8時まで勉強時間。そして、午後9時に消灯となった。

寝食を共にする

「どんな子だったたって？　普通の

子やね。勉強も普通。運動も普通。でもスポーツは好きでしたよ。沈んでばかりではおれませんからね」と当時を振り返って正吉は言う。

同級生であった大城鉄夫《おおしろてつお》（仮名）は「正吉が5年の時に入ってきたとき、可愛かったで」と笑う。小さいころから両親と愛楽園で暮らしてきた鉄夫は園内のことに詳しく、新入生の正吉にとっては頼もしい存在だった。

「鉄夫はいちばん背が高くてな。今もあのときの高さとあんまり変わっていない（笑）。スポーツはできるし、勉強できるし、口は立つしな。もう、なんでもナンバーワンや。顔はもっと可愛らしかったで（笑）」

鉄夫は小学6年のときに父親と鹿児島の星塚敬愛園に移り、4年後正吉と新良田教室で再会するが、その1年後工業高校への進学のために鹿児島に戻った。が、お互い大阪で就職。正吉と鉄夫のつきあいは、現在もつづいている。

同じ釜の飯を食うという言葉があるが、同じ境遇で寝食を共にした彼らの絆は、傍から見ていてとても強いと感じる。

正吉が小学6年のときに書いた「ナハに行ったこと」という文章がある（『愛楽』9号）。外出許可をもらって那覇の姉の家を訪ね、買い物をしたり映画や盆踊りを見たり、ソフトクリームを食べたりして園に帰ってくるまでを書いたものだが、文章の最後は次のようになっている。

門から中に入ると、寮のそばをとおるのがはずかしくて、荷物で顔をかくしてあるきました。

すると、弘が勉強室から、まさよしーとよんだのでぼくはしらん顔して歩きました。すると、ふみお兄さんが「まさよし」とよんだので、ぼくは、ふみお兄さんをみて笑いながら歩きました。すると、勉がじむしょのそばで「おーい」とよんだので、ぼくは「おーい」とへんじをして、いそはまに歩いていきました。

「いそはま」というのは崎山のおばさんの住む一般舎のある磯浜地区のことである。

面白いのは、ひとり外出したことの気兼ねの表わし方が、相手によってそれぞれ違っていることである。おそらく大勢で寝食を共にするなかで人間関係はとても大事なことで、その基本は相手それぞれのことを思いやること。園生活のなかで正吉は自然にそのことを体得したのではないかと思われる。

正吉の甥の正教《せいきょう》（三つ違い）は、正吉は優しく面倒見が良かったと言う。よく一緒に遊んでもらった。正吉は10歳で島を出ているので、正吉が小学校低学年のころの話だ。

「あのころ、石垣中学校の後ろはもう、畑だからさ。よくそこに連れていってもらって野イチゴ摘んで食べたり、トッピン（グラジオラス）の甘い蜜吸ったり……。あの日、トンボが飛んでいたのをはっきり覚えているさ」

正教の記憶のなかでは、正吉とトンボが結びついている。

石垣小学校時代

石垣島の四カ字の中心部を東西に貫く四号線。1771年の明和大津波のときに、その南側（海側）

が大波で引き流された。現在、南側の地形は一段低くなっている。

四号線の道路沿いにはふたつの御嶽《おん》(拝所)がある。新川に長田大主の妹真乙姥《まいつば》を祀った真乙姥御嶽、石垣には宮鳥御嶽《みやとりおん》。ふたつの御嶽の距離は300メートルくらいか。それぞれの御嶽の隣には石垣中学校、石垣小学校がある。学校に隣接した御嶽は子どもたちの格好の遊び場でもあった。

正吉は、真乙姥御嶽近くのみやまえ幼稚園を出て1952(昭和27)年4月石垣小学校に入学した。石垣小学校を卒業したら次は当然石垣中学校、のはずだったのだが、小学校4年を修了して島を出たので、石垣中学校は幻の母校となった。

石垣小学校時代の正吉はどんな少年だったか。

「悪かった。しょっちゅうバケツ持って立たされていましたよ」と本人は言う。

向かいの家のヤマングー(わんぱく)同級生のヤスボーといつも一緒だった。

「喧嘩は強いし、足は速いし、あいつがわしを引きずりこみやがった。要するに、ふたりとも先生の言うこと聞かなかったんちゃう? 倉庫にぶち込まれたときは怖かったな」

いまは懐かしい昔の思い出。正吉は遠い目をして、それから楽しそうに笑う。正吉の笑顔はとてもいい。ひと言でいえば「気持ちのいい笑顔」である。なぜだか見る者の気持ちをスカッとさせる。

「小2のころか。前の海で泳いでいて、溺れてな。同期の女の子に助けられた。恥ずかしかった」と笑い、「豚を飼っていた。オスは可哀そうや。去勢されて、ヒィーヒィー痛そうで、自分だったらと思ったらな」とまた笑った。

バンシル(グァバ)を探しに川良山《かーらやま》まで行った。八角やピキダーなどの伝統凧を自分でつくった。

メジロを捕った……。

「大工やから道具がいろいろあった。兄の真似をして落とし籠をつくって、椿の花入れて、鳴き声に誘われてやってくるメジロが、止まり木（竹）に止まるのを落として捕るんですよね。川良山《かーらやま》にメジロを落としに行きましたよ」

家の手伝いももちろんやった。当時は子どもも貴重な働き手であった。

「母が畑から掘ってきたイモを洗うのが僕の日課。最初は手で洗っていたけど、足で洗いなさいと言われて。だから、足で洗ってましたよ。名蔵湾《なぐら》の田んぼに田植えに行ったのも覚えてますね」

映画館の壁に耳をつけて美空ひばりの「リンゴ追分」を聴いたことも覚えている。

リンゴの花びらが　風に散ったよな　月夜に　月夜に　そっと……

映画の全盛期だった。南の果ての小さな島の少年にとって映画は夢の世界だった。まだ見ぬリンゴの花びら、風に散ってどこに飛んでいくのだろう。

小鳥を飼う

中学になると崎山のおばさんのところへ通うことがめっきり少なくなった。園生活に慣れてきたこともあるが、友だちが生活の中心になった。

「恥ずかしいかなんか知らんけどな。自分で洗濯もするようになって、それに、少年舎が新しくなって別の場所に移りましたからね」

少年少女舎の食堂には卓球台が置かれていた。野球ではキャッチャーだった。放課後になるとみんな運動場に集まった。おとなも子どもも、園全体にスポーツ熱が充満していた。とくにバレーボールが盛んで、大人たちはときどき園外からやってくる琉球大学の学生や名護高校生と対抗試合をやったが、負けなかった。園内の地区別バレーボール大会や相撲大会などもあった。

自治会の取り組みでいろんな催し物があった。余興で後輩のエミとふたり「谷茶前《たんちゃめ》」を踊ったことも記憶に残っている。ハーモニカの練習も一生懸命にやった。

印象深い教師に比嘉《ひが》良行教頭がいた。比嘉タンメー（おじいさん）と呼ばれて子どもたちに人気があった。比嘉先生に教えてもらったことがふたつある。将棋と、日記をつけること。

「将棋は役割があるからな、それを考えて将棋は打つんだ、打ってみろ、と。ところが、だんだん強くなるのがおってな、振り飛車とか矢倉《やぐら》とかいろんな戦法を打つ子どもがおってな、あとは先生なんか屁みたいなもんや（笑）」

比嘉先生に毎日書くように言われた日記。小学6年のときにつけはじめた。以来、社会人になってもずっと書きつづけた。日記は心の支えとなった。が、のちにその日記を焼き捨てることになる。それは、厳しい「社会」で生き抜くための正吉の更なる覚悟の表れであったのだが、そのことについては後述する。

友だち中心の生活の一方、ここでも正吉はやはり小鳥を飼っている。やはりというのは、石垣小学校時代もそうだったし、のちの新良田教室の高校時代にも寮でトンビを餌付けしているからだ。トンビの餌付けはなかなか難しいのだという。

鳥籠はもちろん自分でつくった。

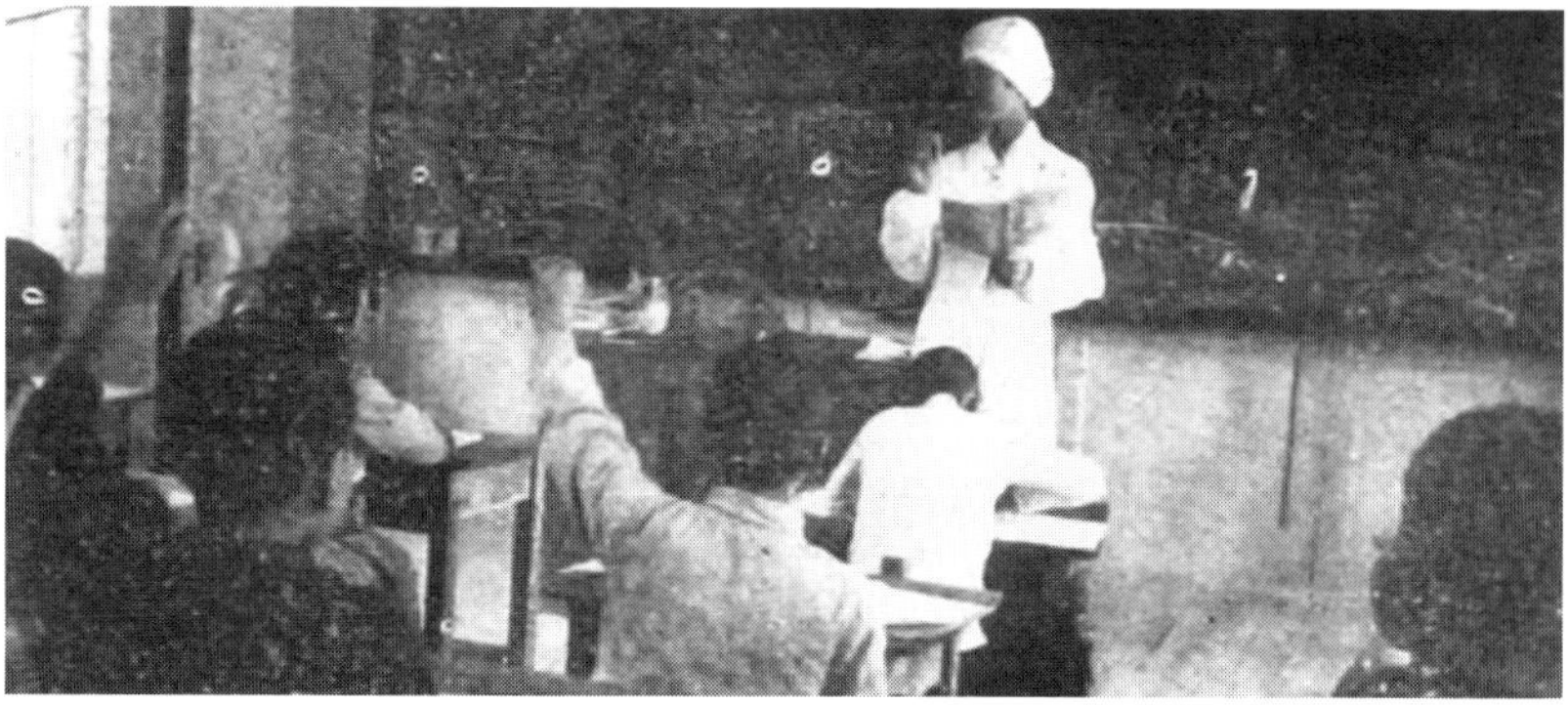

授業風景。子どもたちは治療を受けながら園内の澄井小中学校に通った。小学部１学級、中学部２学級。昼食が終わると午後２時から全員一斉の治療時間だった。【沖縄愛楽園自治会『沖縄県ハンセン病証言集資料編』より】

「昔とった杵柄《きねづか》や」

建築、営繕、農作業、介護・付添い……、園の暮らしのなかで、「治療以外は全部おとなたちの自治会がやった」ので、自治会に行けばたいていの道具は揃っていた。

「海が近くて、小さな森がいっぱいあるんですよ。巣から小鳩や雀をとってきて飼ったけど、（餌は）蝿だけではアカンねんね。めし粒だけでも死んでしまうんですよ。いちばんいいのは虫。とくにバッタはちゃんと食べてくれて、それで鳥はちゃんと成長するんです」

集団生活のなかで、小鳥を飼うという独りの時間もまた大事であったのだろう。

父の死

中学1年も終わりに近づいた2月。愛楽園に来てから3年がたとうとしていた。2月といえば沖縄では一年中でいちばん寒い日がつづく季節。とつぜん父危篤の報を受けた。

正吉が那覇の病院に駆け込んだのは父の死の前日だった。脳梗塞で倒れた父は八重山から那覇に運ばれ、病院に入院していたのだった。

「不思議やね。意識がなくて寝ておったんですが、お母さんが、正吉来てるよと言ったら、パッと起きて、言ってくれたのがふたつあったな」

人の道に外れることはするな。自分が正しいと思ったことはやり遂げなさい。

「とても嬉しかった。今まで忘れられていたと思っていたけど、やっぱり気にとめてくれていたんですね。こう考えると、いい親父やったなあと思ってね。今でもそのときの父の言葉を支えにしています」

当時、今のように一日に何便もの飛行機が飛ぶようになろうとは想像もできないほど、八重山から沖縄本島は遠かった。父親の顔を見るのは島を出て以来だった。

「大工で、職人ですからね。……聞くところによると、八重山舞踊がものすごく上手《うま》かったんやて。踊りがね……」

ああ、父はやはり自分のことを思ってくれていたんだ。正吉は、胸に引っかかっていた憑き物が落ちたように楽になった。

そのとき正吉は人生の再スタートを切ったのだと思う。父親の言葉はその後の「いつも前を向いて生きてきた」人生の原点となったのではないかと思う。

それはふるさとをひとまず封印することでもあった。

3章
愛楽園「脱出」

将来への不安

学生服・学帽姿で実家の庭に立つ宮良正吉の写真がある。裏に「1960年3月」と記されている。父親の死から1年後。中学2年を修了して高校受験準備のために熊本の菊池恵楓園《きくちけいふうえん》に行く直前の写真である。日本に渡る前に一度帰省している。

父親が亡くなったあと、一家はやがて石垣島を出て長男や長女たちの暮らす沖縄本島に出ることになるのだが、それが父親の死の何年後であったか、はっきりしない。この写真が撮影されたときには母親たちはまだ新川の実家に暮らしていたことになる。

「ここ、門の右側にクワの木があった。……ああ、一度帰ったんやなあ。写真見ていま思い出した。このときはたぶん同級生とは誰にも会っていないはず。会いたかったけど、会わずに戻った……」

写真の中の正吉はカメラを向けられて少し恥ずかしそうで、実家なのにどこか緊張した雰囲気が漂っているようにも見える。4年ぶりの実家だった。封印したふるさとの家は久しぶりでなんとなく居心地が悪かったのだろうか。あるいは、すでに心は熊本に飛んでいたのだろうか。

「(愛楽園で)夢を持って生きた記憶はないけどね、さすがに中学生になったら考えますがな。澄井中学校卒業で仕事に就けるんだろうかという不安と、社会に出るためには高校にいきたいという思いがありましたよね。また、そのまま沖縄で高校に通うということは家族に負担がかかるから、治療しながら勉強できる新良田《にいらだ》教室に進学したいという思いは、僕だけではなく当時の中学生はほとんどそう思っていたと思います」と正吉は言う。

新良田教室というのは、1955(昭和30)年9月、岡山県のハンセン病療養所長島愛生園に設立された岡山県立邑久《おく》高等学校定時制課程(4年制)のことである。そこは全国のハンセン病療養所の子どもたちの希望の光であった。設立されたのは正吉が愛楽園に入所する半年前のことである。

これは、全国ハンセン病患者協議会(全患協)の「らい予防法」改正闘争のひとつの成果であった。それまでは高校に進学しようとする子どもたちは、療養所内の中学校を卒業すると、療養所を退所して高校を受験するしかなかった。しかも病気が治癒している必要があった。その点、新良田教室は治療しながら通うことができたのである。

正吉より6歳年長の平良仁雄《たいらじんゆう》の時代、当時の子どもたちが「将来」のことをどう考えていたか、平良は次のように書く。

「入所した子どもたちは、愛楽学園を卒業したら、青年寮や乙女寮に移り、不自由者や病棟の付添や炊事、畑仕事や工務部の仕事をし、園内で結婚して夫婦舎に移り、生涯を愛楽園で暮らすようになると考えていた。（略）子どもたちは、もう、自分は家には帰れないんだと思っていた。愛楽園で暮らすなかで子どもたちはハンセン病を病んだ自分が家族の迷惑になり、兄弟姉妹の結婚に支障が出ると見聞きし、自然に『家族の迷惑にならないように』と思うようになった」（平良仁雄『「隔離」を生きて』沖縄タイムス社・2018年）

病気が治癒して「社会」に出てもさまざまな困難が待っていた。2016（平成28）年5月29日の愛楽園交流会館開館一周年イベント「園内を歩く学習会」で平良は次のように語った。

「ここの学校を卒業しても、仕事に就くのが大変。私もここの学校の卒業証書をもらっているが、どこを探してもその卒業証書は出てきません。どうして持っていないか。その中に澄井小中学校とあるからです。ハンセン病だということがわかるので、その卒業証書を焼いて捨てるか破って捨てるか、ほとんどの人が持っていないのです。就職するときの履歴書も嘘の履歴書。地元の小中学校を卒業したといってね。……いちばん職業につきやすかったのがタクシー

1960（昭和35）年3月、中学2年を終えて高校受験準備のために熊本県菊池恵楓園に行く直前に石垣島の自宅に帰った正吉。前年に父が亡くなり、のちに一家は沖縄本島に移住した。【提供：宮良正吉】

運転手。会社から車を取って外に出ればね、会社に居なくていい」

平良はタクシーの運転手になった。

退所者の就職の厳しさ、なかでも澄井中学を卒業してすぐに「社会」で就職することが大変なことであることを正吉たち中学生は聞き知っていた。何も悪いことをしたわけでもないのに来歴を隠さなくてはならない理不尽を、彼らの小さな胸はどんなふうに感じていたのだろう。そしてその同じ胸は健気にも「沖縄で高校を出ると家族に負担がかかる」と家族に迷惑がかかることを恐れていた。

読谷高校入学拒否事件

籠の鳥のように囲われた生活であったが、愛楽園のなかにも「社会」の一部がときどき侵入してきた。それは楽しみな時間だった。映画館主の好意でフィルムが提供され、映画は週に2回観ることができた。園外の人たちも観に来た。

琉大生や高校生がときどきバレーボールの試合やボランティアでやってきた。

作家の川端康成（1958年6月8日）や大相撲の栃錦・朝潮関一行（1959年4月13日）の来訪があり、八重山関係者では、言語学者宮良當壮の訪問（1958年12月3日）、とぅばらーまチャンピオン大浜安伴の慰問公演（1959年12月4日）もあった。

なかでもたびたび開かれた「議会報告演説会」に正吉は興味をもった。

「各党ぜんぶ来て、公会堂で演説するんですよ。瀬長亀次郎《せながかめじろう》と安里積千代《あさとつみちよ》の話がおもしろかった。なかでもカメさんの話は盛りあがったね。いちばん怖いアメリカを恐れずに批判した。痛快だった。瀬長亀次郎、好きやったからね……」

しっかりと顔を上げて演説に聴き入る中学生の正吉を想像してみる。社会に目を開きつつあった正吉にとって、熊本行きは願ってもないことだったにちがいない。

熊本行きの直前にこんなことがあった。正吉の「二つ上の先輩。頭がよくてスポーツもできた人」が治癒して愛楽園を退園。読谷中学から読谷高校を受験したが入学を拒否された。

新聞は次のように報じている。

「読谷出身のS・C君（特に名を秘す）は昨年病気が全快して母校の読谷中学に復学、長い間の空白があったにもかかわらず、みごと読谷高校入試にパスしたといわれるが面接のさいに同君が愛楽園に入園していたということが後日高校側に知れて合格の取り消しをされたというもの。この知らせを受けた愛楽園では、患者一同が激怒し、学校の非をなじる一方、こうした無理解で非科学的な偏見を学校当局がもつかぎりわれわれがいくらハンセン氏病が不治の病ではなく治る病気だと叫んでみたところで何の役にもたたないとイキまいている（略）」（『琉球新報』1960年3月1日）

この件について、琉球政府社会局長より読谷高校長と文教局長あての文書が残っている。その「意見」欄には、「仝君は一九五五年一月十七日以降菌陰性になり、一九五八年十二月十九日軽快退園しております。退園後さらに二回検診を行っておりますが菌陰性の状態を継続しており、他人に感染の虞れがないものと思料されますので、仝君の入学について御配慮願いたい」と記されているが、C君は読谷高校に入学していない（『沖縄県ハンセン病証言集資料編』）。

その前年にも読谷高校では同様のことがあった。ところがその生徒は「読谷高校に落ちて、中央高校を受験したところ、中央高校側ではさっそく愛楽園に問い合わせ、その結果〝心配ない〟というので入学を許可された」（『琉球新報』１９６０年3月6日夕刊）という。

一連の事件について、愛楽園自治会誌『愛楽』19号（１９６０年12月10日）で、島中冬郎は次のように書いている。

「この子たちが置かれる立場や不安、また受入側の不安動揺に対しても、いまのままでは済まされない。子どもを守る会池原事務局長は、明らかにこの子たちの現状での社会復帰進学を疑問視している。読谷高校側がC君の外傷痕のみを重視して素人判断し、証明書無視の挙に出て、専門医師の問い合わせすら敢えてしなかった態度と共に、郷土に於けるH氏病者に対する偏見がいま身を起して、その巨大な姿をわれわれの前に示してきたと思われる。（略）医師に証明されて退園し、社会に入れられない。となったら、われわれは一体何処へいけばよいのか。C君をとおして、われわれH氏病者の全体の人権が侵されていることの重大さを、われわれはよく知らなければならない。（略）ことが表面化したのを機会に、これまでの泣き寝入りを止めて、根本的な処置を講ずべきである」（「読谷高校の本園退園児進学拒否問題について」）

「治癒というのは無菌になったということですよ。ところが指が曲がっているでしょ、差別はここからくるんですよ。まだ治ってないじゃないかと。無菌になっても指は元には戻らないから、これは後遺症なんですよね。しかし他人はそういう目では見ないですからね」と正吉は言う。

「そんなことがあって、愛楽園の中学生たちは本土を目指した。卒業した人たちも。少年少女舎の父母が熱心でね。勉強のためには本土に渡りなさいとすすめました」

いつの間にか

新良田教室には全国から若者たちが集まった。愛楽園の子どもたちも新良田をめざした。しかし、当時沖縄は米軍統治下にあり、日本に渡るにはパスポートが必要であった。つまり母国とはいえ外国である。外国の学校である新良田教室を直接受験することはできなかった。では、どうしたか。正吉が沖縄を出て4年後のことだが、琉球立法院議事録に次のような記録がある。

八重山選出の宮良長義《みやらちょうぎ》議員が質問している。

「こちらでは中学校程度の課程はできますね。高等学校に行きたいという患者がおるのでありますが、ここではできない。琉球内ではできない。そういうのを救済する方法として日本本土に送り込むことはできますか」

この質問に対して当局はつぎのように答えている。

「実際上はやっております。現在もこの問題で愛楽園の患者が上京して長島愛生園と協議しております。実質を申し上げますと、長島愛生園は岡山県立高校でありまして、公式に試験をして入学を行ないます関係上、中学校の三年になりますと園におります患者はいつの間にか向こうの中学校のほうに参りまして、向こうで受験をしまして合格をしております。現に長島愛生園におります高校の生徒の半数近くが沖縄の児童でございます」（1964年6月18日、第25回議会立法院予算決算委員会議事録第26号）

行政当局が「いつの間にか向こうの中学校のほうに参りまして」と言うところが無責任でなんともおかしいが、正吉らもまたそのやり方で新良田教室へ進学することができた。正吉は中学3年から熊本の菊池恵楓園に移り、園内の合志中で1年間学んで新良田を受験し合格した。
ところで「いつの間にか向こうの中学校」に行く方法であるが、愛楽園を「脱出」または「逃走」するのである。伊波敏男は次のように逃走した（『花に逢はん』）。

「一九六〇（昭和三五）年三月三日、父からの手紙が届いた。――三月六日、愛楽園から連れ出す。午後七時三〇分、運天原にサバニ（小船）をつける。合図は懐中電灯の点滅三回、一切の持ち物の所持不可。三月七日、那覇丸で泊港出港――簡潔にして明瞭な内容だった」

少年少女舎の寮父から連絡先の紙片（「星塚敬愛園石垣八重夫」と記されていた）、卒業証明書、一時帰省許可書を渡され、そして「逃走」は計画通りに決行された。闇夜の中である。
伊波は、父に連れられ途中石川の実家に寄って家族に会い、翌朝はやく那覇の泊港にいた。父も同行する鹿児島行き那覇丸の出港は午前八時である。姉に言われて、後遺症の手をオーバーで隠していた。

乗船口まで三ヵ所に机が並べられ、入り口側の机では、琉球海運の社員が切符をチェックしていた。

「三等、ふたり。はい、結構です」

（略）

次の机には、制服を着た係官がふたり座っていた。腕を組み、通過する乗客をただ、嘗めまわすように見ているだけだった。そこも無事通過した。最後の机では、米軍人がパスポートを各人から受け取り、点検している。父に「OK」が出た。次は私の順番である。パラパラとパスポートをめくっている。

「ＳＴＯＰ」

米軍人が声を出した。

――シマッタ、バレタ！

脇の下に汗が流れるのを感じた。振り返った父の顔は真っ青になっている。

「ユア　サイン　プリーズ」

米軍人は自分の胸ポケットから万年筆を抜き取り、私に手渡して、パスポートの空白ページを指差した。

そのページの上部には「自記筆署名」と書かれており、私のパスポートはノーサインのままだった。

私はその空白ページに「伊波敏男」と書き入れる。彼は、万年筆を私から受け取りながら、ウィンクを返した。

「ＯＫ・グッドラック」


伊波の緊張感と出国審査を通り抜けたときの安堵感が伝わってくる。

伊波敏男が鹿児島に渡ってから何週間か後に、正吉たちも鹿児島行き那覇丸の船上の人となった。

伊波の方が正吉よりも2歳年上だが、日本に渡るのが同時期になったのは、伊波たちの同期7人は卒業後、新良田教室進学のために特別に許してもらってさらに1年間愛楽園で受験勉強をやったからである。そして上記のように伊波は愛楽園を「逃走」して、鹿児島の星塚敬愛園に入所した。正吉は中学2年を終えて3年に進級するときに沖縄を出て熊本の菊池恵楓園に移ったので同時期になった。

ところが新良田教室の入学試験は1月には終わってしまっていた。そこで伊波は園内の大姶良《おおあいら》中学校星塚分校でもう1年受験準備をすることになる。受験までに2年間かかったので、新良田教室には正吉たちと同期入学となった。

正吉たちの熊本行きにはたのもしい「菊池恵楓園からやってきた大人ふたり」が同行した。しかし正吉たちも伊波と同じように戦々恐々。なにしろ何もかも初めてのことである。

「パスポートを握りしめて。見つかったら返されるんちゃうかな、と。だから、こわくて、必死で、そんな気持ち」だったと正吉は言う。

園から外出許可をもらって自分で手続きをしてやっと手に入れたパスポート。いろんな思いが掌中のパスポートにはこもっていたにちがいない。

船で一泊して鹿児島港に入港。

「まず桜島の噴火やね。……それから、汽車がめずらしかった。(汽車の)窓を開けたままトンネルを通ると、もう顔じゅうススだらけ(笑)」

緊張感から解放されたよろこび! 新しい世界へ! その目に日本の風景はどのように映っていたのだろう。日本の冬の冷気は興奮した正吉の頬の熱を冷ますことができたのだろうか。

恵まれた日本の療養所

国立療養所菊池恵楓園は「ものすごく広く」愛楽園に比べて「ものすごく恵まれて」いた。熊本の合志市にあり、総面積約18万坪、園の周囲は約4キロに及び日本最大規模の療養所であった。

「野球場のグラウンドも整備されていてね、土も甲子園に入れるような土。ええグラウンドですよ。そこで野球練習できるんやからね。ものすごく恵まれているなあと思いましたね」

寮の部屋も広かった。ここでは6畳の部屋にふたり。

「机を自分の好きなところに置いた」

広さの話ではないが、伊波敏男もまた愛楽園と新しく移った敬愛園を比較して次のように書いている（『花に逢はん』）。

中学3年のときの正吉。米軍政下、定時制高校新良田教室へは沖縄から直接受験ができなかったので、中学2年を終えて菊池恵楓園に移り、合志中学校で1年間学んだ。沖縄出身の正吉には寒さがこたえた。【提供：宮良正吉】

「敬愛園で過ごした一年は、沖縄愛楽園とのあまりの違いに驚かされた。そのひとつは、施療場面での医療スタッフの装いである。私は、これまで療養所内では医師や看護婦の素肌を見たことがなかった。沖縄愛楽園では、医療スタッフは、白帽を目深にかぶり、目だけを出した大きなマスク、白衣、手術用ゴム手袋、ゴム長靴という重装備で私たちと接している。そのために、いつの間にか自分の病気は、それほど恐ろしい病気だと思い込まされ、この意識がいつも私に重くのしかかっていた。今、私の目の前に手袋もせず、ゴム長靴も履かずマスクもしていない、生きた人間の顔をした看護婦たちがいた」

違いはまだあった。

敬愛園内の公会堂で開かれる定例映画会ともなると、近隣の住民が入園患者と席取りをめぐって競い合い、並んで映画を観ている。

沖縄での定例映画会直前には、その都度、職員専用席の消毒がなされた。(略)

「なぜ、こうも違うんでしょうか?」

「此処の地域の人たちは、専業農家でそれほど豊かではない。この近隣で文化の香りに触れようとすると、療養所が唯一の場所になっている。ハンセン病は恐ろしい病気だと教え込まれた知識など、日常普段に接し、時間を重ね合えば消えてしまうものなんだ、生きた人間の知恵のほうが、与えられた情報などより勝っているからね。こちらの壁も、あちらの壁も人間の英知が超えていってしまったんだろうな。……最大の貢献役は、あるいは映画がタダで観られる欲望かも知れないなー……」

答えたのは、伊波の敬愛園への入所を世話した石垣八重夫である。石垣はその園名からして八重山の出身者ではないかと思われる。そのとき石垣の脳裏にはふるさと八重山の影と自分自身の体験が浮かんでいたにちがいない。

石垣八重夫は、この敬愛園も以前は愛楽園と同じだったと、「患者居住地域出入時における手引き要項」なるものを伊波に示した。そこには次のような文言があった。

患者地域に入る時

1、脱衣所で私服を脱ぎ、次室でモンペをはく。
2、次室で靴下と長靴をはく。
3、次室で上衣、帽子、マスクをつける。
4、点検の後、患者居住地域に入る。

患者地域から出る時

1、消毒液に浸された靴拭きマットで靴を拭く。
2、手を消毒する。
3、次室で上衣、帽子を脱ぐ。
4、次室でマスクを脱ぐ。
5、次室で靴下、長靴を脱ぐ。
6、次室で消毒液に浸し、手を2回消毒する。
7、次室で昇汞ガーゼで拭く。

8、次室でモンペを脱ぎ、足をリゾール液（＊クレゾールせっけん液）に漬ける。
9、風呂に入って衣類を全部取り替える。消毒液でうがいをする。

菊池恵楓園にて

寒かった。というのが正吉の菊池恵楓園でのいちばんの記憶である。振り返ると、あの1年間の正吉の記憶の大部分は灰色の冬空と受験勉強に占められているようである。

「高台にあったから寒かったなあ。沖縄から来てるからね、冬の寒かったこと。とくに朝ね。霜が降りて、昼ごろには道路が泥んこになって、雨靴が必要でした。雪よりも泥んこの印象が強いですね」

受験勉強は一生懸命やった。

「なんとしても新良田に受かりたいですからね。冬は寒いからちゃんちゃんこ着て、火鉢を囲んで。……炭の倉庫があるんですよね。その倉庫の掃除がまた大変でした。鼻の穴ぜんぶ真っ黒ですよ（笑）」

菊池事件のことも記憶に残っている。

「療養所の、道路を隔てていたけど、ほぼ敷地内に例の刑務所がありましたからね。そこに本人が入っていて、無実を主張していましたし、再審請求のための応援を多くの人がやっていましたよ。少年舎の父母が一生懸命やってましたから、僕も署名をやった記憶があります」

菊池事件について、厚労省のホームページに次のように出ている。

1951年に熊本県菊池郡水源村（現菊池市）で起きた2つの事件（ダイナマイト事件、殺人事件）

を呼ぶ。１９５１年８月１日午前２時頃、ダイナマイトによる「殺人未遂」事件が発生し、この事件でＡ（当時29歳）が逮捕された。被害者がかつて村役場の衛生係をしていたとき、県衛生課の要請に対して彼を「らい」患者として報告したことから、菊池恵楓園への入所勧告を受けることとなり、そのことを恨んだ末の犯行とされたのであった。彼は無実を主張し、福岡高裁に控訴したが、その控訴審中１９５２年６月16日、恵楓園内にある菊池拘置所を脱走した。ところが、その３週間後の７月７日午前７時頃、路上で件の被害者が全身に二十数ケ所の切刺傷を負い、殺害されているのが発見されたのであった。当然のように容疑はＡへと向けられ、大捜索が行われた結果、その６日後、実家近くの小屋にいるところを発見された。逃げようとした彼は、警察官に拳銃で撃たれ、倒れたところを「単純逃走、殺人容疑」で逮捕された。１９５２年11月22日に殺人罪で起訴され、５回の公判の後、熊本地裁（出張裁判）は、１９５３年８月29日、死刑の判決を言い渡した。

日本最大規模のハンセン病療養所菊池恵楓園。写真は、1960（昭和35）年ごろの、東西患者地帯を貫く桜が植えてある通り。隣接して菊池事件で有名な菊池医療刑務支所があった。【提供：国立療養所菊池恵楓園】

　この菊池事件は、戦後行われた「第二次無らい県運動」及び菊池恵楓園の増床計画、菊池医療刑務所の設立に伴う強制隔離政策を背景として起こった事件である。Aは裁判所構内の通常の法廷に一度も立つことなく、死刑判決が言い渡され、そして死刑が執行された。

第一審で死刑判決が言い渡される頃、1953年の「らい予防法」改正反対闘争の中から始まった「公正裁判要請運動」は、療養所の入所者のみならず、多くの人々を巻き込んで、「A氏を救う会」（1958年）までに発展していた。菊池事件の本質は、ハンセン病患者に対する社会的偏見と、国のハンセン病政策の過ちによるものである、というのが彼らの見方であった。（＊被告人の名前を匿名Aに変えた）

正吉が「例の刑務所」と言ったのは「菊池医療刑務支所」のことである。強制収容されたハンセン病患者の専用刑務所として1953（昭和28）年3月菊池恵楓園に隣接して建てられた。

なぜ菊池恵楓園だったか。いきさつは次のようである。

1949（昭和24）年、全国療養所所長会議で第二次無らい県運動が決定され、翌年、国立らい療養所の1000床増床計画のすべてを菊池恵楓園に集中することになった。同時に園内に刑務所建設が計画され、1953（昭和28）年に75人収容の菊池医療刑務支所が完成したのである。これで菊池恵楓園は収容能力2100人の日本最大規模の療養所となった。園内には別に留置所1棟が1938（昭和13）年に設置されていた。

Aの裁判は、恵楓園の施設を利用した特設法廷でおこなわれ、医療刑務支所完成以降はその中の特設法廷でおこなわれた。「非公開」状態である。「法廷は消毒液のにおいがたちこめ、被告人以外は白い予防着を着用し、ゴム長靴を履き、裁判官や検察官は、手にゴム手袋をはめ、証拠物を扱い、調書をめくるにも火箸を用いた」「裁判官はその展示した証拠物が、一旦被告人の手中に渡ることによって、被告人から感染の機会を与えられるといういわれのない恐怖によって、被告人にその機会を与えようとしなかった」（上告趣意書）という。とても普通ではない。

何がそうさせたか。「ハンセン病患者に対する社会的偏見と、国のハンセン病政策の過ちによるものである」ことは明らかである。

熊本地裁で１９５３（昭和28）年８月29日死刑判決、福岡高裁で１９５４（昭和29）年12月13日控訴棄却、そして最高裁は１９５７（昭和32）年８月１日上告棄却、死刑が確定した。

１９５８（昭和33）年３月８日に「A氏を救う会」発足。正吉たちが恵楓園にやってきた１９６０（昭和35）年ごろは恵楓園自治会はじめ支援者たちが再審請求の運動を盛んにおこなっているころであったのである。そして４年後、正吉が高校２年のときの１９６２（昭和37）年９月14日福岡拘置所で死刑が執行された。３度目の再審請求が棄却された翌日である。

「あれは突然やったからびっくりしました。いまだに覚えています。全患協が放送しよったからね。あれは裁判自体差別があった。これからでもやり直しさせなあかん」と正吉は言う。

それにしても、と思う。Aに死刑判決を下した同じ熊本地裁で、48年後の２００１（平成13）年５月11日に「らい予防法違憲国家賠償訴訟」原告全面勝訴の判決が下されたのは、歴史の皮肉である。

菊池恵楓園のホームページの「熊本とハンセン病の歴史」というコーナーを見ると、熊本県というところはよくよくハンセン病とかかわりが深いと思われる。
①加藤清正をハンセン病の神様と崇めて全国から本妙寺に患者が集まった。
②本妙寺参道で物乞いをするハンセン病者の救済のためにイギリス聖公会のハンナ・リデルが回春病院を開設した（青木恵哉や徳田祐弼はここから沖縄伝道に派遣された）。
③ハンナ・リデルの演説がきっかけで法律「癩予防ニ関スル件」が制定された。
④1954（昭和29）年には龍田寮児童通学拒否事件がおこった。
⑤2003（平成15）年アイスターホテルハンセン病元患者宿泊拒否事件がおこった。

恵楓園での1年間、正吉は「宮津康夫《みやづやすお》」の名で呼ばれた。

「熊本まで連れてきてくれた沖縄出身の恵楓園の元自治会長さんが、自分が名前をつけてあげるというので、それを断るわけにはいかんので、わかりました、と。だから恵楓園ではミヤヅ君、ミヤヅ君と呼ばれたから、（当時の人は）ミヤヅやったらわかるはず」

正吉は10歳のころの正吉ではなかった。いまでは人間関係の大切さを知っていたし、前に進むための推進力は他の否定だけで得られるものではないことをうすうす感じていた。壁が現われたらまずその壁の高さや厚さを知る必要があることを学んでいた。考えるための時間が重要であることもおそらく知っていたと思われる。

しかし、ミヤヅ君と呼ばれたときの気持ちはどんなものだったのか……。

空に問うと、正吉は、あの素晴らしい笑顔で笑うだけなのである。

4章
「希望」の新良田教室

伝染病患者輸送中につき……

「ようやく来たなという感じ」

1961（昭和36）年4月、新良田《にいらだ》教室に入学したときの宮良正吉の感慨である。

ハンセン病国立療養所長島愛生園内に1955（昭和30）年9月に開校。1953（昭和28）年の「らい予防法」改正闘争のなかで全患協が国から勝ち取った成果である。

「療養所の先輩たちが、自らが果たせなかった夢を託していた。希望の象徴だった」と正吉は言っている（「語り継ぐハンセン病　瀬戸内3園から」『山陽新聞』2015年7月15日）

長島は周囲16キロの瀬戸内海の小さな島である。島には、愛生園ともうひとつ邑久光明園《おくこうみょうえん》という二つのハンセン病療養所がある。瀬溝の瀬戸と呼ばれるわずか30メートルほどの狭い海峡で本土と隔てられた長島は、1988（昭和63）年に邑久長島大橋が架かるまでまさに「隔離の島」であった。光田健輔が進言した西表島癩村構想に内務省が難色を示し、この島に初のハンセン病国立療養所長島愛生園が建てられた。

新良田は長島の穀倉地帯を指す地名。若者たちに「将来、豊穣な実りを」との願いが込められた（『山陽新聞』２０１５年7月15日）。

「愛楽園の少年少女舎の人数が多いときで70人ぐらい。ここは1年から4年までだけど同じ年代の人が１２０人もいたからね」

正吉は、全国から集まってきた同世代の若者たちとの生活に胸をふくらませた。

が、一方で、そのふくらむ胸の裏にくっついている黒い影が気にかかる。「伝染病患者輸送中」の文字が浮かぶ。希望の裏に貼りついてくる絶望の影。それは正吉の人生に常に課せられてきた「ハンセン病」の、はっきりとした最初の影であった。

「貨物車につながれてね、モノと同じですよ。トイレに行くと、駅員がついてきて消毒して回りましたからね……」

これは、正吉たち新良田教室合格者が長島愛生園まで「運ばれた」ときの話である。以下は、伊波敏男『花に逢はん』より、そのときの様子（※一部正吉の話採用）。伊波は鹿児島の星塚敬愛園から、正吉は熊本の菊池恵楓園から長島まで一緒に「運ばれた」。

１９６１（昭和36）年4月5日午前7時30分、伊波らは郵便貨車に乗って鹿屋《かのや》駅貨物専用操車場を出発。岡山まで36時間の旅である。志布志駅で車外に出ることを許されたが、人けのないところで集団行動すること、ゴミは車外に捨てるなという条件だった。みんなその通りにした。

宮崎県の都城から肥薩線で八代へ。八代駅から鹿児島本線の別の貨物列車に連結されて熊本駅に到着した。熊本駅から正吉ら9人が乗り込んだ。4人は女生徒で、そのうちのひとりはのちに入水自殺してしまうのだが、このときの、希望に満ち溢れていたであろう彼女のことを思うと胸が詰まる。

門司駅の朝。

キラキラ、キラキラと車輛のガラス窓が、朝の太陽を受けて光っていた。ただし、私たちの郵便貨車のまわりは、ポッカリと空間が空いており、まるで、仲間はずれにでもあったように一台だけで停車している。

「サテーット、朝のすがすがしい空気でも吸ってくるか」

大村と上城が、連結口の扉を開けて下に降りた。

「コラーッ。ダメダ、ダメダ。おまえたちは外に出てはイカン！」

突然、駅員の大声が外から聞こえる。ふたりは慌てて車中に駆け込んで来る。そして、荒々しく扉を閉めた。

「チェッ、みじめなもんだ。まるで囚人だぜ、しっかり監視してやがる……」

私たちが乗る郵便貨車は、そのまま、午後の三時過ぎまで門司駅構内に停められていた。

門司駅から郵便貨車は乗客列車の最後尾に連結され運行された。そして広島駅。

停車して間もなくだった。連結口の扉が荒々しく開けられ、大きな風呂敷包みを背負った行商人のおばさんたちが、ドヤドヤと乗りこんできた。（略）

―ピ、ピピー―

車輛の外から車掌が笛を鳴らし、そして大声で叫んでいる。

「そこに乗ってはダメダ、ダメダ！　すぐに出なさい！」

おばさんたちは、すぐに引っ張り出されてしまった。あの車掌の剣幕ぶりから、あとでどんな情報が伝えられたかは、大方の想像がついた。

間もなくして「この列車は、5分間、出発が遅れます」との案内があった。そして二人の駅員が、郵便貨車連結口のガラス窓に張り紙を貼り付けている。内側から張り紙の記載内容が逆文字で読み取れた。

―伝染病患者輸送中につき、立ち入りを禁ず！―

それから岡山までは、誰もが黙りこくってしまった。

正吉らより2年前に、鹿児島の星塚敬愛園から長島の愛生園へ「運ばれた」金城幸子のときも同様なことがあった。

「私たちが乗せられたのは貨物車でした。それも一般の客車の最後尾につながれていて、そのうえ車両には大きな文字の横断幕が張られていたのです。そこには、こう書かれていました。『強烈伝染病につき注意』。10代の多感な少女にとって、こんな屈辱的な言葉はありません」（金城幸子『ハンセン

病だった私は幸せ』ボーダーインク・2007年）

新良田に揺れる新芽たち

校舎は1年から4年までの4教室。各学年30人。職員室が体育館（講堂）と渡り廊下でつながっていて、他に理科室などがあった。校門を入ると、校舎の右側に男子寮が3棟、女子寮は校門から左に上った離れたところに1棟建っていた。

「校舎から300メートルほど離れたところにグラウンドがありました。野球、ソフトボール、器械体操から、ぜんぶ揃っていた。一段高くなったところにテニスコートとバレーコートがあったな」と正吉。

授業開始が9時20分と遅かったのは、その前に治療時間が設けられていたからである。50分授業で、午前中の3時限は12時20分に終了。昼食は寮の食堂で摂り、午後の1時限が終了すると、放課後はクラブ活動に充てられた。

男子寮は一部屋に3人が暮らした。「同一療養所出身者はできるだけ同室を避ける部屋割りになっていた」（『花に逢はん』）

正吉は「新入生には必ず最上級生の4年生と、それに2年か3年生がもうひとり。窓側ともう一方の両脇を先輩が取りよるから、真ん中のいちばん肩身の狭いとこが1年生。6畳やから、座り机を置いて、机の幅だけ布団を敷いてそれでいっぱいいっぱい。反対側が押し入れで、そこも3等分という感じ。ええ人に当たったらいいけど、怖い人と当たったらほとんど部屋におれへんわな。……細長い安いラジオがあったんですよ。みんなたいがい持っていたね。それを机の前に置いて、ラジオを聴きながら勉強しました」と言う。

幸い正吉は「ええ人」に当たったようである。次のように書いている。

「私は多くの先輩から影響を受けた。高校一年時は西村時夫（当時四年生、『私の履歴書』の著者）、藤崎陸安（同三年生、現全国ハンセン病療養所入所者協議会事務局長）と同部屋だった。いい意味でも悪い意味でも、よく可愛がってもらった」（「ハンセン病回復者として生きる」）

なにしろ一日のうちの半分は寮での共同生活である。そこでの出会いと過ごし方によって大きく人生が変わることがある。のちに正吉は西村時夫に紹介された森田竹次に大いに影響を受けることになる。

正吉たち7期生は「賑やかだった」と5期生の森敏治は言う。

森「俺が3年のときに彼らは1年生で入ってきた。同じ部屋に入ってきたこの大城鉄夫（仮名）はものすごく面白かったよ。とにかく賑やかな男。屁をこいたんや。何回でもこく（笑）。やりだしたらキリがない。あれは面白かったな」

大城「星塚の少年舎時代からようやったで。おい、屁をこくからマッチ持ってこい、言うて（笑）。火ィつくんや。あれが役に立っているんや」

1期生の本山美恵子（仮名）が笑いながら言う。

本山「器用なことができよったのね。そういう話は1期生、2期生とかはないな。わりと真面目やったからね」

大城「どっちかいうと元気やったんよ、みんな。とくにおいらのクラスはね」

同期の正吉も「そうやね」と同意した。

未来に向かう若いエネルギーが止めどもなく溢れでるような話だが、手塚敬一（仮名）は将来を諦めていた。高校生活は「楽しむための時間」だったと言う。

手塚「私なんかは療養所に入った時点で、夢、希望を失った。一生ここで暮らすのなら、高校に行ってしっかり楽しもうと開き直った。勉強？　とんでもない。みんな学校で勉強したり野球したりしている。アホや思った。一生懸命勉強している人もね。……高校生あんまり興味なかった。看護学校の学生に声をかけて、10人くらいでダンスしたり、弁当持ってハイキングに行ったり。楽しいことしか考えない。先が知れているから将来のことなんか考えなかった」

新良田教室は「希望」であった。二重に隔離された環境のなかではあったが、生徒たちの命は輝いていた。写真は校庭に立つ正吉。後ろは体育館（講堂）と職員室をつなぐ渡り廊下。【提供：宮良正吉】

そういう人もおったな、と正吉。

そこに森が力強く声を重ねた。

森「俺は病気を治すために高校へ行ったな。中学3年のときに愛生園に入って、もう1年間3年生をやりなおした。少年舎に入って、多くは中学を卒業すると青年舎に行くわけ。俺は15、16やろ。三十いくつの人もいる。こうなったら使われる思ったから、俺はそれが嫌やったから学校に行った。入園するときにね、病気は相当進行しとった。足が麻痺して下がっていたんですよ。熱も出た。先生に言わしたら、お前受けたって受かれへんと言うたんやけど、いや俺は、受けてみんとわからんだろと受けたわけさ。あのとき愛生園から5、6人受けて3人受かった。俺はとにかく治さなあかんと学校へ行ったけど、別に学校の勉強なんかどうでもいいねん。だから高校卒業する段階では、いちばんドンクソや。それで5年間で病気を治した。こらあかんぞ、出られへんぞと思ったから、運動しましたよ。そうすると機能が回復する。それでなんとかこっちの足はね……」

伊波敏男も12回の整形外科手術を受け森と同じように1年留年して5年で卒業している。「白いギプスと松葉杖がよく似合う伊波」と同級生に言われたという。

大城鉄夫は1年半後、工業高校に入学し直すために鹿児島に戻って行った。

それぞれの思いを胸に秘めた新芽たちが新良田の谷間に揺れていた。

森田竹次との出会い

高校2年になると、正吉は森田竹次（1910～1977）の居室・山鳥寮に足しげく通うようになる。森田について正吉自身が次のように書いている。

森田竹次は両手両足が不自由で、口にペンを咥えて原稿を書いていた。当時その姿に強烈な感動を受けた。後にその原稿をまとめた『偏見への挑戦』、他に「全患協ニュース」（全国ハンセン病患者協議会の機関紙。現「全療協ニュース」）一九二一号～二二三六号に投稿した連載をまとめた『全患協斗争史』、自伝の『死にゆく日にそなえて』などの著書がある。森田竹次はハンセン病患者の解放を生涯の志とした人だった。人間はどのような困難な状況にあっても、明るく前を向いて歩く（闘う）ことができる。そのことを身をもって教えてくれた人だった（宮良正吉「ハンセン病回復者として生きる」『月刊ヒューマンライフ』327号・2015年6月）。

森田は、1953（昭和28）年の「らい予防法」改正闘争で中心的な役割を果たし、この闘争によって新良田教室が開校されたことは先に書いた。他にも、これまで400円であった患者への慰安金を5000円に増額、患者が患者を看護するという不当な労働をなくすために看護婦の定員を大幅に増加、「らい研究所」の発足、職業補導費の予算計上、「軽快退所の医学的基準」設定などを勝ち取った。

この闘争を森田自身は次のように総括している。

予防法改正運動は、その長期にわたりはげしかったこと、全患者がどういう形でかひとり残らず参加したこと。その力を民意として国の政治に反映させ「主権在民」を身をもって体験し、そのことがいかに困難であるかを自覚したという意味では、全く画期的なことでありました。その戦いの壮大さにおいてはまさに全患協の闘争史上、最大の闘いでありました。国会を通過した「らい予防法」は「日本国憲法」の法体系のうちに、明確に位置づけられ、これまで国民のうち外にはじきだされていた患者も、ここで法的にも国民の仲間入りができたといえましょう（森田竹次『全患協斗争史』森田竹次遺稿集刊行委員会・1987年）

荒井裕樹は、森田の著書『偏見への挑戦』より「人間の勇気なるものは、天から降ったり、地から湧いたりするものではなく、勇気が出せる主体的、客観的条件が必要である」という言葉を引いて、次のように書いている。

森田の発言を、私なりに噛み砕いて説明してみます。

差別されて苦しむ人に対して、しばしば「勇気を出して立ち上がれ」といった言葉がかけられることがあります。しかし、森田はこうした言葉を厳しく戒めています。

というのも、差別されている人は精神的にも経済的にも追い詰められていることが多く、そうした人が孤立した状態で立ち上がれば、間違いなく社会から潰されてしまうからです。

そもそも、差別と闘うことは恐ろしいことです。そんな恐怖を前にして、人はそう簡単に「勇気」など出せるはずがありません。

だからこそ、差別されている人に「勇気を出せ」とけしかけるのではなく、勇気を出せる条件を整えることが大切で、そのためには孤立しない・孤立させない連帯感を育むことが必要だと、森田は訴えています。

森田は、孤立した弱者は「犬死にする」とも指摘しています。「犬死」という言葉を使うあたり、この人は差別されることの恐ろしさを骨の髄まで知っていたのでしょう。だからこそ逆に、差別との闘い方も熟知していたはずです。

森田の言葉は、一読すると厳めしく見えるのですが、人は独りでは闘えないことを認めているわけですから、とても現実的な発言でもあります。「人権闘争」や「差別との闘い」と書くと、いかにも偉大で崇高なことのように見えるのですが、実際に声を上げる一人一人は、恐怖心をもった生身の人間なのです。

森田の言葉は、こうした事実に改めて気付かせてくれます（荒井裕樹「黙らなかった人たち　理不尽な現状を変える言葉」13回『WEBasta』）

当時愛生園を訪ねて森田に会った鶴見俊輔は、森田について「器量をもつ思想家であり、その作品は白眉であった。つよい感情に支えられ、ひろく目くばりがきいていて、今もたよりになる記録である」と書き、さらに当時の愛生園について次のように書いている。

「愛生園の患者社会は私のおとずれた一九五〇年代には政治の中心に共産党がいたため園の外の日本にくらべて共産党の気風にゆとりがあった」（鶴見俊輔『身ぶりとしての抵抗』河出文庫・２０１２年）

その雰囲気は正吉のいた１９６０年代初めもつづいていたようである。

「森田さんは当時、共産党の愛生園での『細胞長』だったと思いますね。他にもらい予防法改正闘争を闘ってきた方々がかなり残っておられて、共産党員多かったですよ。全患協の革新的な方々の影響を私らも受けていましたね。それで私も『赤旗』をとっていました。住井すゑの『橋のない川』も読んでいましたし、その前には瀬長亀次郎が好きやったからね。当時は共産党のファンやったと思います」と正吉。

また当時は安保闘争のさなか学生運動が盛んで、「歌ってマルクス、踊ってレーニン」と週刊誌が揶揄し、歌声喫茶がブームになった時代。愛生園でも、共産党の下部組織である民青（日本民主青年同盟）の活動が活発で、若者たちが盛んに討論し、歌い踊っていたという。

「あのころサークル活動というと、集まってピクニックに行ったり、ときにはキャンプファイアをしたり。フォークダンスが盛んでね、歌ったり踊ったり、それなりに青春してましたよ。狭い愛生園のなかで、ですよ」と正吉は笑う。

光田健輔と愛生園

「らい予防法」改正闘争のころ、長島愛生園の入所者を代表する人物が森田竹次だとすると、管理する側の園長は光田健輔であった。西表島に3万人の癩村をつくろうと構想したあの光田健輔である。光田は愛生園のみならず日本の隔離政策を推進してきた代表的人物であった。

ウィキペディアは光田について「日本の病理学者、皮膚科医。生涯をハンセン病の撲滅に捧げ、国立長島愛生園初代園長等を歴任した。生前は『救癩の父』と崇められ、文化勲章やダミアン・ダットン賞を受けた。その一方で、患者の絶対隔離政策を推進する『癩予防法』改正、無癩県運動や『らい予防法』制定の中心人物であり、日本の対ハンセン病政策の明暗を象徴する人物ともされる」としている。

「癩予防ニ関スル件」が「癩予防法」に変わり、初の国立療養所長島愛生園が開設されたのが1931（昭和6）年。その初代園長として就任し1957（昭和32）年まで、戦争をはさんで26年間

「人に恵まれた」と正吉は言う。「ハンセン病患者の解放を生涯の志とした」森田竹次など「論客揃いの猛者たち」の影響を受けて、正吉は社会や人生に目を開いていった。【提供：宮良正吉】

君臨したのが光田健輔である。

戦後、１９４８（昭和23）年に優生保護法が成立し、その対象となったハンセン病患者たちは反発、１９５１（昭和26）年２月全国国立癩療養所患者協議会（全患協）を発足させ「癩予防法」改正を政府に要求していった。

同年11月、参議院厚生委員会で光田は、患者について「手錠でもはめてから捕まえて強制的に入れればいい」「逃走罪のような罰則を」「優生手術を勧めてやらすほうがよい」などと発言した。招致された国立療養所３園長（光田、宮崎松記菊池恵楓園長、林芳信多磨全生園長）とも、在宅患者による家族内感染の危険性と療養所収容による予防徹底の必要性を強調した。

この光田発言によって、当時の愛生園は、保守派（園長擁護派）と強硬派（反対派）が対立。「夜は一人で歩けないいくらい物騒だった」という。その後両派は「光田園長を守る同志会」と「光田園長辞職要求対策委員会」に発展、自治会執行部は総辞職し、その５か月後に選挙により再開された（『山陽新聞』２０１５年４月19日）。そこにも「らい予防法」改正闘争の激しさの一端が窺える。

そして１９５３（昭和28）年、政府は新たな「らい予防法」案を衆議院に提出。吉田首相の「バカヤロー解散」でいったん廃案になったが、再提出され、８月、ほぼ原案通り可決された。その間の経緯を「語り継ぐハンセン病　瀬戸内３園から」（『山陽新聞』２０１５年４月17日）から引用する。

（法案は）患者の強制収容を認めた上、法を犯したり、不良行為をしたとみなされた入所者を療養所長が処罰する懲戒検束権も「懲罰規定」と名を変え、事実上残されるなど、患者側の要求を

全く無視した内容だった。（略）
「病気が治れば家に帰れると思っていたのに、また閉じ込めるのは許せなかった」と、デモに参加した青松園の磯野常二（83）。長島愛生園（瀬戸内市）でも同じ日にデモ行進を行うなど運動は全国に広まった。（略）
再提出された法案は7月上旬に衆院を通過、参院へ送付された。全患協は全国から代表を集め、国会や厚生省前で座り込みを断続的に実施。（略）
一方で「隔離されるべき患者」が、東京のど真ん中で座り込みを続ける状況は国会で問題視された。当初、全患協と連携していた社会党の議員も協調姿勢を見せず、患者たちの運動は孤立。結局、法案は8月、ほぼ原案通り可決された。（略）
全患協は「政治は動かすことができるという教訓を得た」と総括したが、入所者の挫折感が大きかったのも事実だった。

法案が可決された1953（昭和28）年から8年後、正吉が愛生園に入所した1961（昭和36）年には2代目園長（高島重孝）に代わっていたが、光田もまだ園に残っていたのではないかと正吉は言う。
「わしが見たときはやさしいおじいさんみたいやったな。たぶん診察してもろたことあると思います」

入水自殺

正吉にとって新良田教室は「希望」であった。入学すると先輩に誘われてブラスバンド部に入りトランペットを吹いた。放課後は野球やバレーボールに興じた。文化祭で演奏し歌を唄った。充実した学園生活。しかしやはりその裏に貼りつく「ハンセン病」の影がときに顔を出す。没頭しているときは忘れているが、息をついたときに引き戻される現実がある。「希望」の裏にも影がくっついている。

「教室はいつもクレゾールのにおいがプンプンしていましたね。生徒は職員室には入れない。先生に用がある時はベルを鳴らして、そしたら先生が外に出てきて話をする。また、先生方は出勤してくると職員専用ロッカーで予防着に着替えて、クレゾールで手を洗って僕らの前に出てきました」

教科書は二つずつ用意され、教室で使ったものは専用ロッカーに預けた。答案用紙は燻蒸消毒した

(『山陽新聞』２０１５年7月16日)。

6期生の金城幸子が詳しく書いている。

「教師らは病気がうつるのを恐れて、ほとんど教壇から降りてこず、私たち生徒に近づこうともしませんでした。さらに生徒は職員室への立ち入りも禁じられていて、私たちが教師に用があるときは職員室の入り口にあるブザーを押すのです。それでも教師は部屋から出て来るわけではなく、ドアの奥から顔を出すだけでした。なかには生徒に対して居留守を使うような教師さえいました。職員室の入り口には消毒のためのクレゾール液が入った洗面器がいつも置かれていて、教師らが部屋を出入りする時は必ず消毒をしていました。生徒に対してずいぶんな仕打ちだと感じ、私たちは傷ついてしま

いました。こんなこともありました。ある日、参考書の代金を職員室に持っていったところ、その紙幣を受け取った教師はお金をクレゾール液の中でビシャビシャと洗い、濡れたお札を窓ガラスに貼り付けて乾かそうとしたのです……」（『ハンセン病だった私は幸せ』）

隔離の島の中で更なる隔離がおこなわれている。しかも教育の現場。ハンセン病は治る病気であるということは明らかになっている。なのに……。多感な高校生たちの反発は当然であった。しかし、隔離の壁はまだまだ厚かった。

１９６２（昭和37）年に半年だけ新良田に勤めた美術教師の三宅洋介に、当時の教え子がこんなことを話したという。自分の描いた絵を三宅が褒めて「他校の生徒へも見せよう」と丸めてポケットに入れて持ち帰ったことに驚いたというのである（『山陽新聞』２０１５年7月16日）。受け取ったお金をクレゾールで洗うのを見ている子どもたちにとって、三宅のとった行動は意外だったのだろう。

三宅同様、もちろん子どもたちの心に残る教師もいる。金城幸子にとって「ただひとり心に残る優しい先生」は阿川真という歴史の先生であった。ツルツル頭で、「お坊さん先生」と呼ばれていた。

この先生だけはゾウリ履きで、平気な顔をして教壇からスタスタと降りてきました。私たちの席まで来て、机をのぞき込むように近づいて勉強を教えてくれるのです。（略）「近寄ると病気がうつる」と信じている多くの教師のほうが正しいと思っていたので、私はお坊さん先生に「先生、私たちにあんまり近づくと病気がうつるよ」と言ったことがあります。すると先生は「なあに。うつってもいいじゃないか！」と言って、バーンと私の背中を叩いたのです。そのときの先生の手の大きさや温かさは、いつまで経っても忘れられません。この先生がいてくれたおかげで、私たちはなんとか頑張ってこられたと思っています（『ハンセン病だった私は幸せ』）。

それにしても、と思う。傷つきやすいこころを抱えた思春期の子どもたちを前に、多くの大人の教師たちはどのようにして厚い壁を保ちつづけることができたのだろうか。毎日まいにち。

伊波敏男の言葉は辛らつである。

「この閉ざされた社会の学校で学ぶ『学問の真理』は、あまりに隔たった理想と現実を教えてくれた。逆説的な言い換えをすれば、学ぶことを欲する青春には『最高の教育環境』だったとも言える。教科書の一章一文、教師が話す一語一句が臓腑にしみわたり、『学問・真理・人権・平和・平等』なるものは、いかにまやかしに彩られているか、日常の教室の日々のなかで学ばされていた」（『花に逢はん』）

金城幸子は、こんな環境だから自ら命を絶つ生徒も出てくるのだと訴える。

「毎日そんな目に遭わされてきた私たちは、この高校生活を通じて自分たちが社会から隔離された存在であることを心底から思い知らされました。そんな扱いをされて平気な人間がいるわけがありません。せっかく希望を持って入学した高校なのに、将来を悲観したり、あまりの辛さに耐えきれなくなって、自ら命を絶つ人もいました。私が在学中に知っているだけでも十数人の生徒が自殺に追いやられています」（『ハンセン病だった私は幸せ』）

そして、つづける。正吉たちと一緒に新良田に「運ばれ」てきたあの女生徒のことだ。

なかでも私が一番ショックを受けたのは、沖縄から一緒に逃げてきた親友のAちゃんの妹が自殺してしまったことでした。Aちゃんの妹もハンセン病にかかって、私たちと同じ高校に入学していたのです。私は彼女のことを本当の妹のように思ってかわいがっていたし、彼女も私を「さっちゃん姉さん」と呼んで慕ってくれていました。ある朝「彼女が寮にいない」と、たたき起こされました。私たちは手分けして必死になって探し回りました。けれど、彼女が発見されたのは海の中で、すでに死体となっていたのです。私はただ呆然とするだけでした。

悲しいことに、自殺するのは沖縄からきた生徒が多かったような気がします。沖縄にいる家族から、わざわざ手紙で「おまえは死んだことにしているから、二度と沖縄には帰ってくるな」と言われた人もいます。故郷を遠く離れた小さな島に隔離され、そのうえ家族からも見放されては、卒業して行く場所も帰る場所もありません。そんな辛い思いを抱えて、10代の若さで自ら死を選んだ友が何人もいたのです（『ハンセン病だった私は幸せ』）。

彼女の遺体は離れ小島の沖で発見された。正吉によると、白いトレパンの足首が紐で縛られていたという。

後年、正吉は新良田教室のあった長島愛生園でおこなわれた検証会議で次のように証言している。

「高校2年のときです。同級生の女の子が自殺しました。自殺の名所だった恩賜記念館の崖の下から、海に入水したのです。沖縄から一緒に来た女の子で、ものすごくピアノが上手な子でした。笑顔がとてもすてきな子で、前の日も仲間と一緒に明るい声で話をしていました。それが急に姿が見えなくなったので、みんなで慌てて探したところ、海に浮かんでいるところを見つけたのです。私たちは、海に入って彼女の亡骸を浜に引き上げました。私は、真っ先に彼女の白い細い指を見ました。あんなにピアノが上手だった、うまかったのに、この手はもう動かないんだなと思うと、たまらない気持ちになりました」(「ハンセン病問題に関する事実検証調査事業第16回検証会議」２００４年４月21日。※以下「検証会議」)

新良田での一時期、正吉はトンビの餌付けをしていたという。

寮の庭に出て片手を差し出す。掌の上にはスズメが乗っている。

「長島愛生園にはトンビがぎょうさんいるんですよ。スズメをとってトンビにやるんです。屋根の上からグァーっと来ると、手の上のスズメをバッと掴んで、グァーっと飛んで行くんです。これ、羽を広げたら１メートル以上あるから怖いですよ」

その話を聞いて、顔も知らないあの女生徒のことを想像する。

……トンビは上昇し、なおも上昇し、青い空のなかの輝く点になり、そしてやがて天国に消えていく……祈るように想像するのである。

5章
「社会」へ

いのちが輝く場所へ

「宮良君がどんな高校生だったかって？　好青年。行動的で、なんでもやってくれた。人懐っこいし、それに、美男子やからモテたのよ……」

高校時代の正吉のことを江上貴美子（仮名）はそう評した。

正吉は当時の江上のことを「いつもニコニコして、おや、まあ、という感じで広く包んでくれた人やった。夫婦ともそうやったな。広く包んでくれた」と言った。

夫の山川和郎（仮名・故人）は愛生園自治会の役員で、正吉は山川のことを「若い私たちの良き相談相手となり、どんな相談にも応じてくれた」（「ハンセン病回復者として生きる」）と書いている。自治会の機関紙を担当し、新聞や雑誌などを扱う園内の「本屋のような」役割もしていた。正吉は山川のところにも頻繁に通った。

当時の愛生園は「『らい予防法』改正闘争でハンガーストライキや座り込みを行い、強制隔離政策からの解放を迫った論客揃いの猛者たち」（「ハンセン病回復者として生きる」）が残っていて、正吉は彼らを通して社会や人生に眼を開いていった。それは二重に「隔離」された学校教育ではとうていできないことだった。みずみずしい若者たちの感性は、いのちが輝く場所を敏感に感知していたのだと思われる。

「みんな遅くまで、門限ぎりぎりまで、ね。お正月も一緒にやりました。宮良君は沖縄の踊りも見せてくれたしね」と江上。

「いや、踊りといったって、モーヤー（※沖縄の祝宴などで踊られる手踊り）ですよ、モーヤー。……お正月には葡萄酒をつくってね、もちろん教師は酒飲むなというけど、守れへん。高校生といったって、僕らの頃は現役が多かったけど、1期生なんか、30歳ぐらいのもいた。だからまあ飲めますわな。でも、正月ぐらいですよね、酒飲むのは」

正吉が沖縄に帰省したときの手みやげは外国産ウイスキーだった。米軍政下の沖縄では外国産ウイスキーが安く手に入った。当時、本土の大学に進学した沖縄出身の学生たちのあいだではウイスキーを本土に持ちこんで転売しそのお金を生活費に充てたりするのが流行っていた。貴重品だからおみやげにすると大層喜ばれた。それで宴会を開いたのだったら、モーヤーのひとつやふたつ出るのは、もう、間違いない。

「沖縄に帰る時は、学生同士でムエー（※頼母子講）をやった。金がないからね。園で稼ぐたって知れているじゃないですか。食器を洗ったり、荷物を運んだりするぐらいですから」

正吉が新良田教室在学中に沖縄に帰省したのは2度。1度目は高校2年のときだった。そのときは愛楽園に寄って石垣島に帰った。島では港の埋め立て工事の最中だった。

「埋め立てたところに一杯飲み屋がいっぱいあったんですよ。親友のヤスボーに会ったことが一番の思い出かな。彼に会って、行こうというからついて行った。コーヒー飲みに行くのかなと思ったら、一杯飲み屋でしたよ。もちろん飲みましたよ二人で（笑）」

今ではそのヤスボーも亡くなってしまった。

「沖縄の歴史が示すもの」

2度目に沖縄に帰ったのは1964（昭和39）年東京オリンピックの年、高校4年の夏休みであった。そのときは石垣島ではなく、沖縄本島にとどまっているので、前回の帰省からの2年の間に正吉の家族は沖縄本島に移住したのかもしれない。

沖縄に帰ったときの感想を「そりゃぐっと込み上げるものがありましたよ。いよいよふるさとに帰ってきたという感じ」と語ったが、正吉は卒業記念文集に載せた「沖縄の歴史が示すもの」というかなり長い文章のなかで、そのとき見聞した沖縄の様子を次のように書いている。

実際基地の多いのにはさすがにびっくりさせられる思いがした。耕作すれば立派な作物のできそうな土地はみんな基地になってしまっている。道路を歩いていても見かけるのは外人が多く、まるで外国にでも来たような錯覚を覚えずにはいられない。（略）さらに、東洋一を誇るといわれている嘉手納飛行場を見て、改めて極東で沖縄の基地の果たしている役割の重要さというものを知らされた。飛行場からは絶えまなくジェット機が大きな爆音と共に離着陸していた。今でこそこの青空と対照にあざやかな緑の調和を描いているその基地も、もとはといえば、農業に最良な肥えた土地だったそうである。今では姿は一変してしまって緑の芝生と化しているが、この美しい芝生の下には食うための生命であったこの農地を取り上げられまいとした農民の血と涙と犠牲の歴史がおおいかくされている。

物価や県民の暮らしについても言及している。

沖縄県民に十二セントで支給されている沖縄産タバコ「うるま」は当軍基地内では五セントであり、本土から輸入しているキリンビールやアサヒビールは住民には一本六十五セントでPX（※基地内の売店）では二十五セントである。また水道や電気などはアメリカ軍の営利事業として余ったものが県民に供給されている。そしてスクラップやパイナップル以外の輸出品の外、大半が輸入でまかなっていて、従って生活状態も苦しい。また生活必需品に税が高くついて、ゼイタク品には安いということも、あるいは沖縄の約七十パーセントが軍基地からの支出で経済的支柱となっていることも、沖縄県民の生活を苦しめる条件の一つとして特徴的である。

さらに、ジェット機墜落事故、米兵による事件事故などを取り上げ「このように沖縄県民はアメリカ軍の支配の下で、人間として最も基本的な生きる自由さえもゆるされていないのであり、人間としてあつかわれていないのである」と告発している。

そして、文章を次のように結んでいる。

沖縄の歴史は屈辱的なものであった。しかし今もなおその歴史は支配者こそ違え続けられている。だがその歴史が示すもの、それは沖縄の抑圧からの解放である。そのためには先ず、祖国に復帰することだ。そうして初めてアメリカ軍を沖縄からおいだすことができ、現実の植民地的支配、抑圧から解放されることになるのです。

文中に「支配者こそ違え」と書かれているのは、この文章の前半に、沖縄が琉球王国の時代から薩摩・日本に「屈辱的な搾取と収奪と抑圧」を受けてきた歴史を書いてあるからで、それを踏まえている。その日本になぜ復帰するのか。それについては、「それは当時の本土人民からいじめられた歴史ではなく、支配者にいじめられた歴史であった」からであるとしている。

正吉の文章は論理的で、主張が明確である。沖縄の歴史もよく勉強していることがわかるし、全体の構成もはっきりしていて、なかなかしっかりした文章である。森田竹次ら自治会の「猛者」たちの影響がみえるが、この文章は、当時の沖縄の置かれた状況に対する「正吉の想いが示すもの」でもあった。

沖縄では1960（昭和35）年に祖国復帰協議会が組織され、以後、サンフランシスコ講和条約が発効された日である4月28日には、「沖縄を返せ」とデモ行進やちょうちん行列がおこなわれ、正吉が帰省した当時は祖国復帰運動がもっとも盛りあがったころである。直前の１９６４（昭和39）年２月には「キャラウェイ旋風」と呼ばれる強権発動政策をとったキャラウェイ高等弁務官が更迭され、復帰運動はさらに勢いを増していた。

自主修学旅行

愛楽園時代の正吉にとってふるさとは石垣島であった。ところが新良田教室に入学し高校高学年になった正吉のふるさとは「沖縄」になった。自身が沖縄本島から「日本」に移動したので当然と言えば当然だが、むしろ当時の政治の季節のなかで「沖縄問題」が正吉の関心の中心になっていたからだと思われる。

一度封印したふるさと。それは感傷的なふるさとであったが、高校生になって開封したふるさとは、「問題」という客観的な対象となっていた。客観視して自らの置かれた状況とふるさと沖縄を重ね合わすこともできるようになっていた。

愛生園新良田教室は隔離された場所ではあったが、愛楽園に比べると何倍も広い世界であった。そこには全国から集まった同世代の仲間たちがいて、周りには、社会の差別や偏見と闘ってきた大人たちがいた。彼らを通して「社会」は確実に正吉に近づいてきていた。正吉もまた、それをしっかりと受け止める用意ができるほどに成長していた。

正吉は高校３年の後期にはクラス委員長になり、４年生になって卒業記念文集の編集委員長をつとめた。入学時「まるっこいコロコロしたかわいい子」（森敏治）は高学年になるころには、仲間のなかでも一目置かれる存在になっていた。正吉は高校生活を振り返って次のように書いている。

「高校生活の四年間は、私の人生の中でも素晴らしい体験の年月でした。中でも大きな経験は、高校四年生の時に『新良田教室』が団結して、修学旅行獲得委員会を作り活動をはじめたことでした。当時の高島・長島愛生園長と獲得委員会との交渉では、『らい予防法』が大きな壁となり修学旅行の獲得はなりませんでしたが、その年は一時帰省の名目で自主修学旅行を計画実行しました。これが突破口となって10年後に修学旅行が実現することになります」（「回復者として、あるがままに生きる」）

「大きな経験」であったという自主修学旅行。

「修学旅行は、世間一般の高校生と同じ学校生活を送りたいという、1期生の先輩の時代からの願いでした。1963年にDDS（ダプソン）という飲み薬ができて、これを飲むと、菌があったとしてもうつる心配はないということがわかった。だからその年から、新入生はあの『お召し列車』ではなく、普通の列車で来たんですよ。それなら修学旅行も行けるんじゃないかと思った」と正吉は言う。

卒業記念文集に「修学旅行について」と題して、

自治会のアルバイトで旅行資金を貯め、大阪・京都・奈良を３泊４日でまわった「自主修学旅行」。東大寺前で記念撮影。「自分たちでやり遂げたことが自信になった」と正吉。【提供：宮良正吉】

ある生徒がその経緯を詳しく書いている。それによると、獲得委員会は、学校、自治会、園長と話し合いをしている。学校側には、「我々は園当局から委託されているだけで、全く権限の無い者だ。だから患者自治会や園当局を動かしてくれ」と逃げられた。

自治会は「学校側同様協力的な面は見られずかえって阻止するような状態」であった。園長は修学旅行実現の条件に①菌陰性であること②県教育委員会の許可を得ること③資金面は自力で賄うこと④宿舎の解決、の四つを提示した。

当時はまだ全員が無菌ではなかったので①の条件をクリアできない。これで「正規の修学旅行の実現の可能性の無い事が」はっきりわかった。それで「集団帰省を通した修学旅行という名目で再検討」したというわけである。

正吉は振り返る。

「だったら自主的に行こうと。それで、旅行資金を貯めたいので高校生ができるような作業があればくださいと自治会に協力をお願いしました。がけ崩れにあったところの土砂を運ぶとか、いろいろやりましたよ。そこで資金を貯めてね、正月休みを利用して、日にちを決めて、みんな帰省の願書を出して……」

そして、1965（昭和40）年1月、長島を出発した自主修学旅行の18人は、大阪、京都、奈良を3泊4日で回った。宿は関西の学生たちの協力で確保できた（『山陽新聞』2015年7月18日）。

「奈良の東大寺、京都の清水寺、そういう名所名所。だけど、電車に乗って社会見学ができた。もうすぐ社会復帰していく僕らには非常に役に立ちましたね。新聞社を見学したんですよ。夕刊刷っているところ。輪転機が回って一斉に新聞が出てくる。すごいな思いました。……自主修学旅行。これを自分たちでやり遂げたことが自信になりました」と正吉は言う。

ところで、どうもその自主修学旅行に関わる後日談と思われる話が、卒業記念文集に載っている。編集委員長の正吉が「編集後記」に書いている。この文章は、正吉の成長を物語るひとつの証拠でもある。


このたびの文集にはいつもの習慣になっている学校側と園当局の文章がいただけなかったのは残念でなりません。これは生徒の自由な表現について、学校側が周囲からの批判をおそれての配慮だったように思います。四年生にもなれば世の中のことも少しはわかり是非の判断は持っていると確信します。それにしてもこの文集におさめられたある文章に対して疑義を抱いた学校側は執筆者を別室に呼んであれこれと手のこんだ手段で掲載をとりさげさせようとしたことは、内容の良し悪しにかかわらず、そのやり方は全く教育的態度ではなかったと思います。あとに続く生徒達に対してはこんな事は二度とくり返さないようにして欲しいものです。学校側は毒にも薬にもならないような感想文を期待していたようですが、私達は私達なりのものを力いっぱい書いて四年生の卒業の記念にしたかったのです。ここに学校側と私達のくい違いが生れて、学校側は責任を回避して文集への原稿を出してくれませんでした。いずれが人間を育てることになるか読者の皆さんの批判を待ちたいと思います。

四年間鍛えた力を精一杯使ってものを書くということは教育上悪いことでしょうか。私達は学校側に妥協すべきでないと考えました。

その卒業記念文集のタイトルは『起点』である。そう名付けた理由を正吉が次のように述べている。

「私たちは、卒業文集のタイトルを『起点』と名づけました。愛生園での４年間の高校生活が、自分たちの人生の出発点、すなわち起点となるのだと思ったからです」（検証会議）

いろいろ問題を抱えながらも、正吉たちの「希望」であった新良田教室。１９５５（昭和30）年の開校から１９８７（昭和62）年の閉校までの32年間に、新良田教室で学んだ生徒は３９７人、卒業生は３０７人であった。

社会復帰

「僕が大阪の印刷会社に就職したとき、旦那さん（山川和郎）と森田（竹次）さんが僕の保証人やった？ですよね。それ、おばちゃんが言うてたんや。……37年間勤めました。最初は3年で辞めるつもりやった。が、山川さんと森田さんの顔を思い出すと辞められなかった。推薦してくれたからちゃんと全うせなあかんなと思うて」

２０１７（平成29）年5月。愛生園の宿舎。正吉は、耳の遠くなった江上貴美子のために画用紙にマジックで字を書きながら、書くスピードに合わせて、書いた内容を声に出した。

「よう勤めたなあ。そういう真面目なところがあんたらしい。なかなかひとつところで勤めるのはできない。それはあなたがやってきたことやからな。……私たちも大阪に行ったら宮良君に会ったりしてな」と江上は懐かしそうに言った。

「山川さんがわしに電話くれて、梅田で飲んだ。心配してくれたんやな」

「看護婦さんが言っていたけど、あの人、愛生園ではおとなしいみたいだけど、大阪へ帰ったらね、水を得た魚のごとくだったんやて（笑）」

新良田教室を卒業して52年の歳月が流れていた……。

「新良田教室を出たからといって、社会復帰は容易ではありませんでした。就職口を見つけるにも、園や学校が世話をしてくれるわけではありません」と「検証会議」で正吉は述べている。

大学への進学は家庭の事情が許さなかった。働いて自分で自分の人生を切り開くしかなかった。森田竹次らが身元引受人になって大阪の印刷会社で働くことになった。【提供：宮良正吉】

大学への進学は家庭の事情が許さなかった。働いて自分で自分の人生を切り開くしかなかった。新聞の求人広告で、「入所者の先輩が就職していたことのある印刷会社」を見つけた。

そこは山川や森田らとつながりのある大阪の印刷会社だった。ふたりが保証人になって面接を受けることになった。保証人になるということは、山川や森田が正吉をそこに推薦するに足る人物だと考えていたということである。正吉は彼らに相当可愛がられていたと思われる。
「わし、ものすごく運がいいんやなと思った。人に恵まれているからね。自分の生き方に影響を与えた人にめぐりあってね、おかげで、自分らしい生き方ができているんじゃないかと思いますが」と正吉は振り返るが、そのめぐりあいと影響は正吉自身がつくりだしたものに相違ない。

面接の日が決まった。そして、いよいよ正吉は長島愛生園を出る日を迎えた。その日の情景を高木智子著『隔離の記憶』（彩流社・2015年）がとてもよく描いている。

1965年3月19日の朝だった。瀬戸内海に浮かぶ小さな「島」の桟橋から、19歳の少年を乗せた一隻の連絡船が出た。対岸にある、牡蛎の養殖で有名な岡山の日生港を目指していた。（略）「この日はほんまに、いい天気でした」　気象庁のデータと宮良の記憶があまりに食い違う。宮良の荷物はボストンバッグ一つ、着ていた洋服はダンガリーシャツと、荷物の数や服装は細かく覚えているのに、天気の記憶だけが、食い違っていた。よほど、「隔離の島」を離れたことが、うれしかったのだろう。（略）宮良を乗せて長島を離れた船は、島をぐるりと周り、30分ほどかけて対岸の港へ。下船すると、その足で国鉄の日生駅へ向かい、切符を買った。もちろん大阪への片道切符だ。赤穂線の鈍行列車に揺られ、昼ごろには大阪駅に到着した。

駅では鳴海正三（仮名）と松村清（仮名）が待っていた。鳴海は新良田教室の4期卒で、正吉たちが1年のときの4年生。「あの人頭よかったわ。音楽もできるしね、ブラスバンドの指揮しとって、フォークダンスとか歌唱指導とか、あの人にしてもらいました。迎えに来てくれたとき早稲田の学生やったと思います。山川さんが手紙を出して、会社まで連れて行ってくれと頼んだんじゃないかな。ありがたかった」

松村は正吉の同期の親友。新良田の卒業式を終えて大阪の実家に戻っていた。

「面接が終わったら一緒に食事をしようとふたりを待たしていた。そしたら、面接のその場でね、今日からすぐに働いてくれと。……ごめんなさい、わし仕事せなあかんみたいや、と。ふたりとはそのままお別れしましたよ」

宮良に「働くのは明日からでいいですか」なんて言えるわけもない。拾ってくれた会社であるから、一生懸命に働こうと誓ったものだ。宮良は「はい、わかりました」と応じて、さっそく、職場に立った。新たな出発に興奮を隠せなかった。「社会に復帰した強烈な日やったから。わしは1日中、緊張しっぱなしで、絶対に忘れもせえへんで」。だから1965年3月19日の記憶は、実に鮮やかであるのだ（『隔離の記憶』）。

社会復帰への「起点」の日だった。

へこたれてなるものか……

就職した当時の生活を正吉は次のように書いている。

「ハンセン病を発症してから9年間という長い間、一般社会から切り離されていたため、社会復帰後の社会内生活は慣れないことが多かったのです。緊張して過ごす毎日で社会に同化するのに3年はかかりました。何度も、行き詰ったり、壁に突き当たったりしながら、へこたれてなるものかと、歯を食いしばって生きてきました」（「回復者として、あるがまま生きる」）

印刷会社の仕事は「しんどい」ものだった。「溶かした鉛を型に流し込む活版印刷が主流であったから、工場内はとにかく熱い。汗が顔からふきだし、ホコリが身体にこびりついた。いったん輪転機が回り出すと、鼻の穴がインクで真っ黒に。残業、夜勤は当たり前。骨が折れる仕事だ。朝から晩まで働いて、月給は5～6千円だった」（『隔離の記憶』）

「あのころは印刷工場も汚い部類の仕事に入っていたから、いわゆる3Kですよね。それに、3交代勤務で、夜勤が2週間つづくとかね。そりゃ体にいいことない。無理をして、もういっぺん園に帰ったり、体を悪くしたり、そういう人を何人も見ていますからね。といっても、仕事を選べる状態ではないですからね。選択の余地なしですわ。仕事があればありがたいことですからどうしても無理しますわな。不安でした。しかし、辞めようと思ったことは一度もなかった」と正吉は言う。

慣れない社会生活、きつい仕事、再発の不安……そして、

「何よりもつらかったのは、過去を隠すために、心をさらけ出して語ることができなかったことです。

最初は、自分の経歴を明かそうか、隠しておこうかとさんざん悩みました。けれども、先に同じ職場に就職した先輩が、自分の病歴を明かしたため、これは正確ではないかもしれませんが、そのプレッシャーに押しつぶされて再入所したことを聞いていたからです」と『検証会議』で述べている。

同僚たちと高校時代の話になると、そっと席を外した。必要以上に交友を深めることもしなかった。「なるべく目立たないように生きてきた。詮索されるのが嫌だから」（『山陽新聞』2015年7月19日）

そのころの唯一の気晴らしは、新良田教室の同期生たちと月に1度梅田の喫茶店で会うことだった。「朝10時ぐらいに集合して、12時ぐらいまでコーヒー一杯でべらべらべらべら喋るわけや。で、喋り尽くして、昼になったら飯を食って、どこか遊びに行こうか言うて、路面電車に乗って出かけるわけや」

入社1年目の正吉（1965年）。「9年間という長い間、一般社会から切り離されていたため」「緊張して過ごす毎日で社会に同化するのに3年はかかりました」。【提供：宮良正吉】

新良田教室を1年で中退して鹿児島の工業高校に行った大城鉄夫（仮名）が大阪市の交通局に勤めていたので、彼の後についてみんなで賑やかに歩いた。おそらくどの顔も明るくはじけていたにちがいない。

正吉は「検証会議」で次のように述べている。

「私たちにとっては、その場が唯一の自由に何でも話すことができる場でした。みんな、そこでは自分をさらけ出し、安心できる場所だと言っていました」

思い切りさらけ出し、そして、また「社会」に戻った。

「しかし、その集まりも次第に1人、2人と抜けていき、いつの間にか集まりがなくなりました。職場での人間関係ができたり、家庭を持つようになると、療養所の過去を消すために、だんだんと療養所時代の仲間たちとは距離を置くようになったのです」

正吉はトランペットを買ってきて、ベニヤ板の壁で仕切られた寮の部屋で、音が漏れないように弱音器をつけて吹いた。「しかし、そんなに続かなかったですね。発表会などがないと一生懸命練習しないからね」

毎日、日記をつけた。これは愛楽園にいた小学6年のころからの習慣である。

「それが救いになりましたね。嫌なこともぜんぶ日記にダーッと書いてしまうわけ。そうすると、冷静になれる。悩んだり、腹が立ってクーッと書いているうちに、こころの整理ができるような感じ。けっこうそれが、あのときの生活に耐える秘訣だったのかなあと思ったりしています」

日記を焼く

社会復帰当時の、日々の「救い」であり「耐える秘訣」であった大事な日記を、ある日正吉は焼いてしまう。それには、こんなことがあった。

「どういうきっかけか忘れたけどな、親父（森田さんのこと親父、親父言ってたからな）に会いに愛生園に行った。愛生園を第二のふるさとみたいに思っていたからな、『ふるさとみたいやねん』言うた。すると、ふるさとみたいに思わんほうがいい、いったん出たんやからな、そんなに思うんやったらもう帰ってこんでええで、と。……人がせっかく懐かしくて会いに来たのに、それはないだろうという気持ちと同時に、それもそうやな、いつまでもそう思っていたら仕事に打ち込めないな、思って、そんなら昔のことは忘れようということで、で、そうしたんですわ」

昔のことを忘れるために、大阪に戻った正吉は、小学6年から約10年間書きつづけてきた大事な日記を焼いた。無にしたのである。昔を忘れないと前に進めない。昔を忘れるためには、昔につながる端緒さえ断ち切らなければならないと思ったのである。思い切らざるを得なかった。振り返れば、それがこれまでの正吉の生き方であった。

そこで思い出すのが、中学2年のころ、父が死んだ時の正吉のことである。そのとき、前に進むためにふるさとを封印した。そして高校生になってそれを開封するまでに成長した。しかし今度はその手がかりさえ無にしたのである。今度は、つまり「社会」では、それほどの決心が必要だと実感したにちがいない。

「検証会議」で次のように述べている。

時々何も知らない同僚と一杯飲んだりすると、不治の病、伝染する、気持ち悪いという間違ったイメージでとらえたハンセン病を差別する発言が出ることがあります。私は、それを聞くとどきっとしたり、また、ちゃんと説明したくてもできない自分と、間違ったとらえ方のままの現実に腹立たしく思いました。けれども、私はただ黙って聞いているだけで、ひたすら病気のことは忘れよう、もう自分はハンセン病とは関係ないと思い込むように必死でした。厳しい偏見、差別の中では、社会復帰とは過去、僕の場合、すなわち小学5年から高校4年までの9年間を切り捨

てることだったと思います。それは、私だけでなく、療養所を退所したすべての人に共通する思いだったのではないでしょうか

正吉がふたたび愛生園を訪ねたのは、1977（昭和52）年、森田竹次が亡くなったときだった。葬儀が終わって日にちがたっていたが、新良田教室の後輩で同じ職場に働いていた長岡克英（仮名）とふたり、納骨堂に花を手向け、香をたいて、手を合わせた。日記を焼いてから10年がたっていた。

6章
溢れ出る……

忘れること、楽しむこと

運が良かった、と宮良正吉は言う。

「印刷会社を紹介してもらってすんなり就職できたし、後遺症もそんなにわからない。だから元ハンセン病患者や言わなくても普通に社会人として過ごせたからね。そこが後遺症のある人との違い。後遺症のある人は差別偏見ひどいですから……」

新良田教室で正吉の2期上だった森敏治は顔、手、足に後遺症がある。なんとか「社会」に出たいと思った。

「俺、若かったから出れたと思う。30越したらもう仕事ないと思った。26の時に思い切って（長島愛生園を）出て、弟を頼って大阪に来た。履歴書かけへんやろ。障害者やろ。仕事さがしたけどなかなか見つからないわけよ。新聞専売所に行ったら、履歴書を書かんでええと。ほんで、あ、こりゃいい、と。

そこに就職してしもた。社会保険も必要だったしな。……三十何年間かな、新聞屋の仕事はしんどかったな。左の足、麻痺してるからな、目があるからなんとか靴を履いているのがわかるけどね。そこらじゅう麻痺しているんで、感覚がないからドンと打ったら内出血して腫れたり……」

何度も病院にかかった。あるとき医者に「園に戻ったらどうか」と言われた。2度そんなことがあったが、戻らなかった。

いかにして「社会」にとどまるか。正吉にとっても最大の課題であった。見かけでは後遺症がわからないが正吉ならではの苦労があった。病気を「騒がさないように」注意しながら、心がけたことが二つあった。「忘れること」と「楽しむこと」。

「わしは順応するタイプやからな。別に自分から名乗る必要はない、できるだけ言わんようにしようと思ってました。忘れようという思いの中でね」

楽しむためにはどうしたか。「みんなと友だちになった」という。会社の野球部に入部して、「夜勤明けでも、調整して、好きなことはしました」。会社の休憩時間には仲間たちと卓球やバドミントンに興じた。当時活発であった民青（日本民主青年同盟）の活動に参加し、社外の人たちとも交流するようになった。すんなり友だちになるために酒を飲むことは必須であったと思われる。さいわい酒とはとても相性がよかったようである。

もっとも、「病歴にはふれないように神経を使いながら」（DVD「家族・親族への思い～ハンセン病回復者からのメッセージ～」ハンセン病回復者支援センター・2017年※以下DVD）の話ではあるのだが。

本人が次のように書いている。

「私の人生は環境の変化に順応することの連続だった。今にして思えばこのことが良かったのだろう。早く社会に慣れるよう身体が順応していった。（略）長い隔離生活の中で育った私には、社会生活に早く慣れ、社会の免疫力をつけることが必要だった」（「ハンセン病回復者として生きる」）

プロポーズで病歴告白

正吉が幾世と結婚したのは1970（昭和45）年12月、大阪万国博覧会の年である。新良田教室を卒業して大阪に出てから5年がたっていた。幾世は、部署はちがったが同じ会社の同僚であった。正吉25歳、幾世22歳。

プロポーズをするとき、正吉は幾世に自分がハンセン病であったことを告白した。そのときのことをハンセン病回復者支援センターの加藤めぐみがふたりにインタビューしている（DVD）。

印刷は「しんどい」仕事だった。病気を「騒がさないように」注意しながら、心がけたのが「（病気のことを）忘れること」と「楽しむこと」。輪転機の前で同僚たちと（後列左から2人目・1967年）。【提供：宮良正吉】

加藤：結婚となったときに、言わないという選択もありましたよね。

正吉：それ考えたね。再発が怖かった。現実に一緒に退所してきた人でも再発した人みているからね。ずっと夜勤をやっているわけ。結婚するときも、した後も。そういう心配があって、再発したときに子どもを育ててもらわないかんというのがあるから。選択肢はふたつ。後で言うか、先に言うか。僕の場合は先に言わないとどうしようもなかったという思いがあった。

加藤：奥さんはハンセン病って知ってましたか？　どう思われました？

幾世：知っていた。別に、あ、病気やなという感じだけで。それが、差別されているとか、ぜんぜん知らなかったし。だから、大層にも考えなかった。

加藤：幾世さんの親きょうだいには言ったんですか？

幾世：言うてない。その時点で、うちの母親が癌でね、危ない状況やったときに連れて行ってるから、そういう話は一切なし。酒飲みやいうことだけ言うた（笑）。それだけ。

正吉：怒られた。

加藤：それが大きなポイント？

幾世：そうそう。

プロポーズのときの幾世の対応に正吉はどれだけ救われたことだろう。次のように書いている。

「妻には、私の病気の再発（多剤併用療法後は再発が無）が心配だったので、結婚前に回復者であることを話しました。深刻な顔で打ち明ける私に『それがどうしたの？』と言って、全く問題にしませんでした。後から聞くと、その時妻は私がいなくても、子育てができるように働き続けることを決心し

1970（昭和45）年、幾世と結婚。プロポーズのときにハンセン病であったことを告白。「それがどうしたの？　病気治ったんでしょ」のことばに救われた（写真は1970年12月・鹿児島にて）。【提供：宮良正吉】

たようです」（「回復者として、あるがまま生きる」）

幾世に当時のことを訊いたら、「こりゃえらいことやな、おらんようになったら生活費なくなるから、やっぱりずっと働いた方がいいなと思った。ああ、そんなんまかしとけ、言うた。あのころはなんか、なんでも強気や。なんとかやったるわいいう感じやったな。そんなん言うたからずっと働いててんな」と答えた。

正吉は、あるとき、自分の半生を振り返って「ほんとに恵まれている。出会いというか、人の関係では恵まれています」と話したが、そう言う正吉の脳裏にプロポーズのときの幾世のことも浮かんでいたにちがいない。

もうひとつ書いておきたい。

幾世に、正吉に最初に会ったときの第一印象を訊いたら、「ま、男前やけど、ちょっと軽いな。明るかった」と答えた。傍で聞いていた正吉は「居心地悪いなあ。わしがそばにいてもズバズバ言うからな」と笑った。幾世が言った正吉のその「明るさ」のことである。楽しむために友だちをつくり、そして明るくふるまっている当時の正吉を見るような気がするのである。

その正吉が、プロポーズをするときにハンセン病であったことを告白する。迷いに迷ったであろう初めての告白である。「それがどうしたの？　病気治ったんでしょ」という幾世の返事。正吉はどれほど救われたことだろう。

しかしそのことはふたりだけの秘密だった。長いことふたりだけの秘密だった。その間、幾世は正吉にとって母港のような存在であったにちがいない。

ありのままで……

結婚式に新良田教室の同期生4人を招待した。友人代表スピーチは親友の松村清（仮名）がやってくれた。

「彼は指がちょっと曲がっていたからね。わしの結婚式のスピーチのときにあいつ上手い具合に隠しながら喋ってましたね」

ひな壇に座っていながらも、そんなことが気になる正吉だった。ところが、その2年後、松村の結婚式に招かれて、驚いた。

「そのときのたまげた話というのが、元患者であるというのを堂々と名乗って結婚しているんですね。あれはすごかった。度肝を抜かれた。わしには真似ができないことだった。健康な女の子と結婚したんやけど、向こうの両親をな、説得して結婚式挙げてるんや」

回復者であることを隠している正吉にとって、そのとき食べた料理の味は「あまり美味しいものではなかった」という。

のちに次のように書いている。

「彼らの大胆で堂々とした姿に感心し、半ば驚きで肝もつぶした。当時の自分にできないことだったが、今は友人たちの勇気を称賛したい。その時代にありのままに生きようとした彼らの勇気に学ぶことは多い」（『回復者として、あるがまま生きる』）

伊波敏男も松村の結婚式に招かれていた。久しぶりの再会だった。伊波は、松村の1年前に回復者であることを公にして結婚式を挙げていた。「公にしたの、彼がいちばん最初じゃないかな」と正吉は言う。

伊波の著書『花に逢はん』によると、伊波は結婚より前、多磨全生園（1967年、進学のために長島愛生園から多磨全生園へ移っていた）を退所するときすでにハンセン病回復者であることを隠していない。就職が決まっていた。

（略）二月に退園申請を出した。事務分館の面談室で、私は佐藤ケースワーカーと向かい合った。

「あなたのことだから、よく考えた結果とは思いますが、大変なことをしようとしているんですよ」

「佐藤さん、私は病気が治ったことは正直に話します。もちろん、その病気がハンセン病であったことも隠したくないんです」

「それは無謀というものです。いいですか、私はこれまで何人もの回復者を社会に送り出しました。その人たちのほとんどが何の後遺症もありません。その人たちでさえ、すべてを隠して社会復帰しているのですよ……。あなたは、誰の目から見てもはっきりとしたハンセン病による後遺症が残っているのですから……」

「だから、私は逃げられないんです。……ハンセン病と向かい合って生きるしかないのです」

きっかけがあった。これまで、ときに差別を受けてきたので、人の目を気にしていつも手はポケットの中。しかし、その手をポケットから出すようになったきっかけがあった。同じ中央労働学院に通う「山口」からしつこく誘われて、停留所前の小料理屋に入った。

「お前は迷惑かも知れないが、俺は、お前が妙に気になるんだ！」

山口はそう言って、コップに残っているビールを一気に飲み干した。

（略）

山口の言葉が、私を叩いていた。私は、急にコイツだけにはと、思い始めていた。

「ありがとう。……。山口、君は……ハンセン病という病気を知っているか？」

山口は頭を振っていた。

「普通はらい病と言う。僕はその病気の回復者だ！」

驚いた顔をしていた。

私は、やはり話すべきではなかったと、後悔し始めていた。

「まてよー……。確か、家の近くの菊池郡西合志村に、その病気の人たちの病院があると聞いたことがあったナー……」

「そうだ、ある。そこにその病気の人たちの療養所がある。僕の手は、その病気の後遺症でこうなってしまった……」

両手を顔の前で、ヒラヒラさせた。

「病気でそうなったのか？」

「うん。それでも、何回も手術をしてもらって、やっとこの程度だ！」

「だけどお前、病気は治ったんだろう？」

「治った」

いきなり、山口が私にオシボリを投げつけた。

「バカヤロウ！　それなら、なおのことおかしいじゃないか！　えーっ、そうだろう？　……俺は自分で仕出かしたことだ。どんな言い訳も出来ない。病気は、お前、お前のせいかよー……。俺が少年院送りになったのは、俺自身の人間性の責任だ。だから、恥ずかしくて世間様に顔向けが出来ん。一生かけてもその罪は償えん。……だけどよ、病気は、お前の人間性とは無関係だろう。えーっ、そうだろう？　違うか？……」

小部屋に響き渡る山口の大声に涙が溢れ出る。

この山口のひと言が、私を、あっけなく変えたのである。

私の手はありのままの姿でポケットの中から出るようになった。

不安が溢れ出る

伊波のこのエピソードを読むと、手塚敬一（仮名）が語った言葉を思い出す。次のように言った。

「後遺症の少ない人のほうが逃げている。なんでか。家族や。嫁はんが回復者の場合はとくに厳しい。旦那はんに、子どもに、お母さん昔、療養所におったんや、そんなことは口が裂けても言わん。我々のような後遺症のある人やったら、近所みんな知っているんやから、これは隠しようがない。隠せる人は絶対言わない。子どもが年頃になってこれから結婚、そんなときに、こんなことバレたら結婚でけへん。映画の『砂の器』と一緒や。そんなこと思ったら絶対言われへん。誰かが、言ってもいいよ、大丈夫よと言っても、そんな、とんでもない話よ。だからそういう人はパンドラの箱を開けるのは難しい」

さらにつづけた。

「テレビで言うとった。岡山の虫明いうところにおばあさんがおった。らい予防法が廃止されたときに、あの人ら隔離してもらわな困る、と。出てきてもろたら困ると。いまだにそういうこと言う人いる。あの人らにいくら説明してもわからん。……普通の病気なら退院したらみんなから歓迎される。

死んだら悲しまれる。しかしこのハンセン病だけはちがう。ぜんぶ逆よ。病気治って帰ろうとしたら来るなと断られる。死んだら、喜ばれる……」

そういう偏見と差別の歴史をくぐり抜けて「社会」に出て暮らす回復者たちのほとんどは病気に「触れないように」生きてきた。しかしそのことは常に不安を増幅することでもあった。何かのきっかけですぐに溢れ出てきた。

正吉に子どもができた。

間もなく生まれた長男が3歳の時、肌にぶつぶつができた。幾世はアトピー性皮膚炎だと思ったが、宮良は「まさか…」と不安で頭がいっぱいになった。ハンセン病の外来診療をしていた京都大病院まで連れて行って診察を受け、ようやく安心した。初孫ができた時も、なかなか抱けなかった。「頭では感染などしないことは分かっている。でも、どこかに刷り込まれている。体が覚えてるんや」心の奥底に刻まれたハンセン病の烙印は、病気を克服した回復者たちをなおも長く縛り続けた（『山陽新聞』２０１５年7月19日）。

大城鉄夫（仮名）も孫を抱けなかったと言う。

「俺らが園の中におったとき、若いころ、小さい赤ちゃんはうつりやすい、こういうふうに教えられていた。孫ができた。男の子やった。俺、抱っこせんかった。抱くときは座布団の上に乗せて抱いた。２枚くらい重ねて。俺の頭の中にへんなもんが染み込んでいるからな。俺、孫きらいやと思われとったんやな、娘に」

大城の心の奥底にも「ハンセン病の烙印」は刻まれていた。

回復者のこころを占めるもうひとつの不安は、病気の再発であった。正吉も「騒がした」ことがあった。次のように書いている。


ハンセン病の診察と後遺症の治療は、社会の医療機関で診てもらえなかった。一九七〇年前後、治癒した者は退所して、東京の多磨全生園の近くに住居を構える新良田教室の卒業生も結構多かった。働ける場所もそれだけ多かったのかもしれないが、何よりも近くに療養所があることで、ハンセン病が再発した時の診察や後遺症の治療をしてもらえる安心感があったからだろう。退所後一〇年を過ぎたころ、私は再発が心配で不安を抱くようになった。長島愛生園まで診察に行くのは遠すぎて行く気になれない。長島愛生園のN・Mに電話で相談することにした。N・Mは京都大学医学部皮膚病特別研究施設に行けば、ハンセン病専門医の和泉眞藏先生が診てくれるので行くよう勧めてくれた。和泉先生には二回ほど診てもらった。結果は「まったく心配いらない」ということだった。以後、いつでも診てもらえるという安心感から健康面に自信をもって働けるようになった（「ハンセン病回復者として生きる」）。


大城も「騒がした」。

「昭和54年か55年か、また顔に出てきたんよ。ちょうどウチの娘が幼稚園前でね。あの当時めっちゃショックがきて、酒も飲まないで、麻雀もできる状態ではない。忘年会とか、ああいった席も体調不良で参加しなかった。……タバコは吸ったわ（笑）。正吉に相談したんかな。それで京都大学の第4皮膚科やったか、表は大きい病院やけど、なんか裏の方からこそっと（笑）。廊下みたい長いところがあって、そこでいろんな薬飲まされて、まっ赤なションベンが出たり、黄色いションベンが出たりしたけど、やっと1年で引いた。……愛楽園に行ったときに、親父が、おいお前顔がおかしいぞ、言って。先生の診察受けてみ、と。（診察を受けたら）すぐ入園しなさいと言われた。こんなことも言われたよ。社会的影響を与えるから、と（笑）。もちろん入らなかったけどね」

今でこその笑い話に当時の不安と現在の安堵感が溢れ出ている。

一男一女にめぐまれたが、子どもの肌にぶつぶつができると、「まさか」と不安になり、孫ができたときもなかなか抱けなかった（写真は1974年ごろ・長男と）。【提供：宮良正吉】

ちなみに、タクシーの運転手であった手塚は無理がたたって療養所に戻り、ふたたび社会復帰したのはハンセン病国賠訴訟勝利後である。また同期の松村も病気を再発させて療養所で治療した一時期があったという。

「宮良民宿」

正吉は一男一女の父親になった。

10歳で家を出てその後結婚するまで家族と暮らしたことのない（何度かの帰省はあった）正吉にとって家族（家庭）はもっとも大切なものであった。

再発の不安を抱えた一時期をのぞけば、正吉の生活は仕事に追われ、子育てに追われ、「楽しく」「明るく」忙しく過ぎて行ったようである。次の、正吉・幾世の夫婦《めおと》漫才のようなインタビューでもよくわかる。

――：結婚後の宮良さんは？

正吉：酒飲みやな。ウチは「宮良民宿」言われてた。わしが飲んで帰るやん。友だち連れてきて、そのままわしとこに寝てけと言うて朝一緒に出勤するわけよ。嫁はん、そのときは怒らへんけども、帰った後、あくる日なんか、怒ってたわ。いいかげんにせぇー。はい分かりました言うてまた連れてくる。電話しいやと言うけど、電話したら絶対あかん言うから、電話しないでまた連れて行く。でも会社の連中は日ごろ会社で会うて知っているからな、みんな。だからまあ嫁さんも無茶なことは言わずに、朝飯ちゃんと作ってくれたり……。

幾世：ウチもな、組合関係のつきあいで夜遅うに帰ってきたりもしとったからな。

正吉：組合の婦人部長していたから、いろいろつきあいあるやん。だから、遅くなるときもあったな。

幾世：私が職場の子ら連れて帰ると、怒る。「おまえ何時や思てるねーん」。自分のこと棚に上げてな。カチーンとくるから、「あんたかていつも連れてくるやーん」

――：似たもの夫婦ですか？
正吉：似てないと思うけど、まあまあ夫婦のつり合いとれとんちゃう？
――：夫婦が同じ会社だと不都合とかは？
幾世：ない。もともとそういう会社やったから。共働きやったからね。今の男の人なんか、若い子なんか立派や思うわ。するもん、家のことも、保育所のことも。なんでもかんでもな。昔は、「女の人が働いてどうするの、子どもが不良になるよ」と学校の先生にまで言われたからな。歳いった女の先生やったけど、この人、なに、自分かて働いているやろと思ったけど、そんなの言われへんやろ、先生に。
――：どんなお父さんだったですか。
幾世：無関心なところはあったけど、でも肝心なところはやっぱり締めてくれたから。あとはほったらかしやんな。なんか問題がおこったときに相談したら、それにちゃんと対処して子どもらに言うてくれるいう感じやな。
正吉：役割分担があって、日ごろは、こいつ賢いねん。子どもが悪さしたら、あんた行きなさい。学校でもなんでもな。わし、行って、怒られ役や。いいときは全部コレ、ほめられ役。そういう役割分担してたからな。
幾世：あたりまえやん。
――：子どもの野球の試合は家族みんなで？
幾世：一緒、一緒。

正吉：子どもを通してのつきあいというか、あれでいろいろ教えられるところあったなあ。
――：手のかからない旦那さんだった？
幾世：うん。昔から。
――：自分のことは自分でやる？
幾世：やらす（笑）。そんなん。
正吉：ここが違うやろ。頭を下げへんねんで。ほれな。
幾世：やっぱりお互いに協力せんとぜったい無理やん、子どもできたら。保育所の送り迎え、最初のころは「なんでわしが行かなあかんねん、だれも行ってない」とか言ってごねたこともあったんよ。なに言うてんのあんた、保育所行ってみい、男の人かて何人でも来てるわ。しぶしぶ連れて行き出してんねんな。ほんま何考えてんねんと思うときあったよ。共働き賛成しているのに家のことはせえへんてどういうことや、って。
――：……とてもいい家庭。
正吉：そうでもないよな。
幾世：ほんとイラつくわ、ムカつくわ（笑）。
――：ところで、家庭の中でハンセン病の話は？
幾世：一切なかったなあ。
正吉：話《はなし》せえへんしわしも。

正吉「子どもが悪さしたら（略）わし、行って、怒られ役や。いいときは全部コレ、ほめられ役。そういう役割分担」幾世「あたりまえやん」（写真は1993年・伊丹空港）【提供：宮良正吉】

溢れ出る涙

１９９６（平成８）年４月１日、ついに「らい予防法」が廃止された。しかし、「患者絶滅政策」「隔離政策」について、何ら反省も総括もされず、人権蹂躙の責任も曖昧なまま幕引きされようとしたことに元患者らはらい予防法違憲国家賠償請求訴訟をおこし（１９９８年７月熊本地裁、１９９９年３月東京地裁、９月岡山地裁）、そして、２００１（平成13）年５月11日、熊本地方裁判所で原告全面勝訴の判決が下された。

「らい予防法」は日本国憲法に明らかに違反する。全てのハンセン病患者に対して、隔離と差別によって取り返すことのできない、極めて深刻な人生被害を「作出」と認定した（ウィキペディア）。

政府は控訴を検討したが、正当な理由を見いだせず、当時の小泉首相の政治決断によって総理大臣談話を発表して控訴を断念、一審が確定判決となった。

正吉はテレビに釘づけだった。

「僕はぜったい国に勝てるわけがないと思っていた。薬害訴訟などことごとく負けていたからね。……ところが勝ったんですよ！」

テレビには新良田教室の先輩、自治会の人、全患協（現・全療協）の関係者など、懐かしい顔も映っていた。

「先輩たちがストライキもしながら闘って、療養所の中を少しずつ改善していったんですよね。そして高校をつくってくれたんです。これが社会復帰のためのステップとして僕たちの希望となった。……先輩たちに非常に恩を、そんな思いはずっと持っていて……」

みんな泣いていた。

「僕も涙が出てきてね。ああ、先輩たちがそんなに頑張っている。これまで忘れよう忘れようとしてきたんやけども……」

涙が溢れ出てきた……

正吉の涙。

10歳のとき、兄に愛楽園に「置き去り」にされて泣いた。毎日毎晩、いったいいつまで、どれくらいの涙を流しただろう。不安と恐怖で、おそらく涙が涸れるまで泣いたにちがいない。しかしそれで不安や恐怖が消えたわけではない。我慢をして一日いちにちを過ごすしかない。我慢が習い性になった。

中学2年、父親が死んだとき、もちろん大いに泣いただろう。父の死の悲しみもあるが、そのときは、父に棄てられたのではなく父は自分のことを思ってくれていたという安心の涙でもあった。

それ以後はどうだろう。前に進むために、過去を「忘れる」努力をしてきた。入水した女生徒や、森田竹次など他人のために泣くことはあっても、自分のために泣いたことがどれほどあっただろうか。おそらく泣くことも我慢してきたのではないか。

ところが今度の涙はちがった。涙がこれまでのすべてを洗い流したのではないか、と思う。国が認めた。間違っていたと認めた。……もう我慢をしなくていい、ありのままでいい。涙はとめどなく溢れたにちがいない。

中途半端でない、徹底した我慢（をせざるを得なかったわけだが）のすえの、解放……。もしかしたら、正吉のあの、溢れるような笑顔の秘密は、ここにあるのかもしれない、と思ったりもするのである。

7章 カミングアウト

語り部として

2019（令和元）年8月22日、宮良正吉は高野山にいた。部落解放・人権夏期講座実行委員会主催の「第50回高野山夏期講座」の講師として高野山大学松下講堂黎明館の壇上で、スクリーンに映像を映しながら自身の体験を語った。

演題は「差別偏見解消へ。あるがままに―私の体験から―」。1000人収容の会場は6、7割埋まっていた。受講者たちは静かに正吉の話に聞き入っていた。内容はおおよそ以下のようであった。

私は沖縄県の石垣島出身で、終戦の年に生まれました。終戦の直前に、日本軍は敵が上陸すると戦闘の邪魔になると島民を山岳地帯に強制避難させました。そこで多くの島民がマラリアに罹り3600人余りが亡くなりました。この悲劇を戦争マラリアといいます。……戦争から戦後の混乱で島は疲弊し貧しく食べるものもなかった。そんな中で私は生まれました。もしも栄養状態が良く、私に体力があればハンセン病に罹ることはなかったのではないかと思います。

簡単な自己紹介のあと、生い立ちからはじまった話は、光田健輔の「西表島らい村構想」、「ゴミのように」患者をあつかった「八重山収容」など八重山のハンセン病の歴史を述べたあと、沖縄本島のハンセン病療養所沖縄愛楽園に入園した小学5年のときの自分の写真を示して「べつに男前だから出したわけやなく、他人の写真はまずいから」と笑わせて、1年間のプロミン注射で顔の斑紋が消えたこと、愛楽園の門に「立入禁止」の立て札が立てられていたこと、ホルマリン漬けの堕胎児を見たこと、義足の人が多かったのは戦争中の防空壕掘りが大きな原因であったことなど、米軍政下の愛楽園の様子を語った。

そして、受験に合格したのに入学を拒否された愛楽園出身の先輩の「読谷高校入学拒否事件」で、ここ（沖縄）では高校に行けないと「脱走」して熊本の菊池恵楓園に転園、中学3年の1年間を過ごして、全国のハンセン病療養所の子どもたちの「希望」であった岡山県長島愛生園にある新良田教室に入学したこと。新良田教室では生徒たちだけで自主修学旅行を実行し社会に出るための自信につながったこと。１９６５（昭和40）年3月に島を出て大阪の印刷会社に就職し、37年間勤めて退職したことなどを話した。

「退所してから、55年たちました。その間、１９９６年にらい予防法が廃止され、２００１年の国賠訴訟に勝利してハンセン病問題基本法ができましたが、悔しいのは、１９６０年にすでにハンセン病は治る病気だとわかっていたのに、なぜあのときにらい予防法が廃止されなかったのかということです。廃止されていたらどれだけ多くの人たち、若い人たちが社会に出ることができたでしょう……。廃止しなかった行政、あるいは立法府である国会に対して、非常に憤りを感じます。……まだハンセン病問題は終わっていません。まだまだ課題が残っています」と講演を締めくくった。

正吉は現在ハンセン病関西退所者原告団「いちょうの会」の会長である。関西に住む回復者の仲間を支える活動の中心にいて、加えてハンセン病回復者の語り部として、関西を中心に各地で自身の体験を語っている。

地域に戻す

「ハンセン病回復者支援センターの指導・支援を受けながら活動しています」

講演の中で正吉はいちょうの会の活動をそう紹介したが、その日の講演は、支援センターのコーディネーター加藤めぐみとのセット講演であった。加藤がハンセン病問題の歴史や現状を紹介し、正吉が回復者としての体験談を話す。いいコンビネーションである。支援センターでは講演会や研修会などに参加することが年間60回ほどあり、今回のようにコーディネーターと回復者のコンビで参加することが多いという。

加藤の演題は「ハンセン病隔離政策によって奪われた人権―ハンセン病回復者と家族がおかれている実態と課題―」である。併せて、加藤が回復者にインタビューして作成したDVD作品が上映された。「ハンセン病問題とは何か？　ハンセン病問題の解決の促進に関する法律（ハンセン病問題基本法）に、

『国によるハンセン病の患者に対する隔離政策に起因して生じた問題』と明確に規定してあります。去る6月28日の家族訴訟の判決は、厚生労働省の責任だけでなく、人権啓発を担当する法務省、教育担当の文部科学省も断罪するというとても画期的な判決でした……」

加藤は長く人権問題にかかわって活動してきた経歴をもつ。2008（平成20）年から支援センターで働くようになり、現在は中心的な役割をはたしている。

第50回高野山夏期講座で講演する正吉（2019年8月）。現在ハンセン病関西退所者原告団「いちょうの会」会長として、関西にいる回復者の仲間を支える活動の中心にいる。

加藤が「ハンセン病問題と初めて接した」のは2001（平成13）年の国賠訴訟判決後すぐのころであった。ハンセン病問題のシンポジウムに呼ばれた。精神障がい者の支援活動をやっていた加藤に声がかかったのは、私宅監置を認めた精神病者監護法とハンセン病隔離政策が似通っているという理由からだった。同じシンポジストに長島愛生園の入所者がいた。

「キム・テグさんにどこに住んでおられたんですかと聞いたら、西成やったんです。私が大学を卒業して住んで、子育てもして、知的障がい者を金剛コロニーという収容施設から地域へ戻そう、精神障がい者を精神病院から地域へ戻そう、そういう取り組みをしていた西成だったんです。ところが、ハンセン病の人たちも自分の地域から収容されていったのに地元では知らない問題として過ごしてきた。私としてはとてもショックで、何かしたいなと思ったのがきっかけでした。そのときの療養所入所者の平均年齢が76歳。テグさんがこの問題って風化していくんだよな、とおっしゃった。私に何ができるか……」と考えた。

当時加藤は障がい者問題の啓発ＤＶＤをつくって区民に訴える活動をしていた。すぐにハンセン病問題のＤＶＤ制作を思いついた。支援センターの原田恵子に声をかけた。

「いまのうちに証言を映像に残していくことが大事だと思います。一緒につくりませんか」

原田は支援センター設立にかかわり、当初から事業を担い進めてきた人物である。ふたりは意気投合した。

支援センター

２００１（平成13）年の国賠訴訟判決後、大阪府はハンセン病問題の実態調査をおこなうために真相究明委員会をつくった。当時出版社に勤めていた原田に声がかかり原田は真相究明委員会の委員となった。原田は、大学のころに大島青松園を訪ねて以来ハンセン病問題に関わり、就職してからは関連本の編集に携わってきた。

２００４（平成16）年3月に『ハンセン病問題実態調査報告書』が発行され、同年4月、大阪府総合福祉協会（通称ヒューマインド）内にハンセン病回復者支援センターがオープンした。真相究明委員会で必要性が議論された「拠点」ができたのである。

支援センターの運営は、同和地区の総合福祉事業を運営していた大阪府総合福祉協会に委託された。原田は乞われて出版社を辞め支援センターの職員となった。当時の支援センターの主な事業は、入所者の里帰り、高校生・看護学生のふれあい体験交流会、コーディネーター設置事業の三つで、そこには現在おこなわれている退所者支援事業はまだ入っていなかった。専任の職員は原田ひとりであった。

加藤は、原田と一緒に20人あまりの人たちにインタビューし、DVD『長島の一年』をつくった。それは「島での生活を淡々と追ったもの」だった。2004（平成16）年には、上野正子や玉城しげの証言をもとに断種・堕胎をテーマにしたものをつくり、さらに、「西成に住んでおられた入所者が西成の町の学校を訪ねる」という子ども向け啓発DVDをつくった。

その後加藤は2008（平成20）年から支援センターの職員として働くようになるが、それまでも「西成の社会福祉法人に勤めながら、里帰り事業で西成に帰ってきた入所者を特養施設の空き部屋に泊まってもらったり、研修会を開いたり」ハンセン病問題に関わってきた。

加藤が職員として加わって5年後の2013（平成25）年、支援センターの事業は大阪府総合福祉協会から大阪府済生会に引き継がれた。済生会は以前からハンセン病問題に理解を示し協力的だった。「済生会病院に相談窓口を設け地域で暮らしている退所者の医療をきっちりとやってくれていた」（加藤）。

現在は、府からの事業に加え大阪市からの「ハンセン病回復者等支援者養成講座（ボランティア養成講座）」事業も受託し、加藤ら4人のコーディネーターが回復者と家族の相談・支援にあたっている。地方自治体が社会福祉法人に委託してハンセン病回復者の支援をしているのは大阪府と、2020（令和2）年に開設されたりんどう相談支援センターのある熊本県だけである。

検証会議

加藤めぐみが宮良正吉を知ったのは、長島愛生園でおこなわれた第16回検証会議のときである。

検証会議というのは、隔離政策の違法を認めた国賠判決後、国が「ハンセン病政策の歴史と実態について、科学的、歴史的に多方面から検証を行い、再発防止の提言を行う」ことを目的として設置した第三者機関。2002（平成14）年10月から2年半余をついやして、全国14療養所の現場検証を実施し、841人から聞き取り調査をおこなった。検証会議は公開が原則であった。

2004（平成16）年4月21日、正吉はその日最後の証言者として5番目に登場した。加藤が振り返って言う。

「それまで私は退所者の話を直接聞いたことがなかったのですごく印象に残っていて、匿名で発言をしてもらいますと司会者が言っているのに、宮良正吉ですと名乗らはったから、それもびっくりしたんです。背広を着ていて、淡々としゃべらはった。……何年かたって宮良さんと出会って、あ、あのときの人や思ってね」

正吉の検証会議のときの記録が残っている。発症から2004（平成16）年現在までの半生をたどった内容だが、最後の部分を紹介する。

九州の療養所の人たちが裁判を起こしたというニュースを聞いたときは、正直なところ、「気持ちはわかるけど、そこまでしなくてもいいのではないか、もうそっとしておいてほしい」という気持ちのほうが強かったのです。

でも、勝訴判決のニュースを聞いたときは、ほんとうにうれしかった。不思議と涙が出ました。それでも、まだそのときは、このような人前で自分の病気のことを話すような気持ちにはなりませんでした。このままひっそりいようと思っていました。

判決の後につくられた退所者の集まりに顔を出すようになり、だんだん気持ちが強くなってきました。なるようになれ、ばれたらばれたでしょうがないといった開き直りも出てきました。

今では、もし子供たちから聞かれたら、そのときにはきちんと答えようと思うようになりました。そして、これまで帰りたくても帰れなかった石垣に近い将来帰ろうと思うようになりました。それでも、子供や親戚に気を使い、過去を明かすことにちゅうちょを覚える自分がいます。検証会議の被害実態調査の依頼にもとうとう応じられませんでした。

私は、療養所に収容され、苦労してきた自分、新良田教室を卒業した自分、再発の恐怖におびえながら、厳しい労働条件の会社に40年近く勤め続けてき

大阪府社会福祉会館3階にあるハンセン病回復者支援センター。入所者の里帰り、高校生らのふれあい体験交流会、コーディネーター設置事業、退所者支援事業などをおこなっている。「たいへん支えられています」と正吉は言う。（写真は2016年5月）

た自分に誇りを持っています。

けれども、ハンセン病に対する偏見、差別は、それを話すことを許してくれませんでした。私には子供や孫がいますが、自分の生きざまを子や孫に話すことが、病気がうつることが怖くて抱いてやることさえできなかった。

今ようやくこの偏見、差別を何とかしなければならないという気持ちが出てきました。きょうこの場でお話しする勇気を持つことができました。

忘れようとしてきた過去なので、十分にお話ができないのが残念ですが、偏見、差別の中で生きている私たちの苦しみ、悩みをご理解いただければと思います。

証言のあと何人かの委員から質問があり、正吉がそれに答えている。そのなかで神美《こう》知宏委員（当時全療協事務局長）が次のような質問をした。

「私の家族からも親戚からも、あるいは苦労しながら一般社会に社会復帰をして、努力をされている方々からも、あんまり目立つような動きをしてくれるなと。おれたちは一生懸命過去を隠そうとして努力しているのに、テレビにどんどん出られては困ると。ハンセン病という言葉がテレビの画面に映っただけでも、スイッチを切りたい気持ちなのに、あまり大々的な運動を全療協、全患協としてもしてほしくないという声が本部にも、過去には聞こえてまいりましたし、私の家族からも、親戚からも、啓発をする講演なり、そういう活動はなるべくしてくれるなという圧力が当初かかってきておりました。（略）私どもが組織を挙げて、一般社会に対するハンセン病の偏見、差別を解消するための大々的な運動をやっている、それをあなたの立場からごらんになって、よしとされているのか、なるべくそういうことは避けてほしいと思われているのか、率直に、私どもの今後の運動の参考にしたいと思いますので」

それに対して、正吉は、「『よし』です。でないと、きょう、僕はここに来ていないと思います」と答え、場内に拍手がおこった。

「告白」

検証会議で「今では、もし子供たちから聞かれたら、そのときにはきちんと答えようと思うようになりました」と発言した正吉だったが、検証会議の長島から帰ったその日に、娘にハンセン病回復者であることを「告白」した。そのときの様子を次のように書いている。

「結婚への影響を心配して、ハンセン病回復者であることを秘密にしてきた」と言うと「そんな心配はいらない、親が元患者であったことを理由に結婚を断るような人なら、こちらからお断りよ！」と娘にいわれたときは、胸のつかえが取れたようで、とってもうれしかった（「回復者として、あるがままに生きる」）。

「ちゃんとした考え言うたから、そりゃ安心しましたよ。あとから、お父さんが病気をバラしたせいとか言われてみいな。なあ（笑）。相手は自分で見つけるから心配せんでええと。嬉しかったですよ。

……娘はハンセン病という言葉を知らなかったですね。らい病は知っているかと訊くと、知ってると。恐ろしい病気ぐらいには思っていたんちゃう？　息子もそうです」

当時すでに結婚して別居していた息子には、後日伝えた。

「検証会議に行くときにはもう腹は決めていた。証言するいうことは文書になって残るということだからね。そのあとはもう隠したってしょうがない。これまでもべつに隠すつもりはなかったけど、親戚には隠せ隠せ言われていたし、僕も周りに気ィつかってきたからな。しかし子どもにはいつか言わなければと思っていました……」

娘に「告白」してから十数年がたった現在の親子関係を訊いてみた。

「毎週土曜日ウチに来て飯食って帰る。孫も来てな。僕からは話さないし、娘もとくに話題にしないけど、家のカレンダーに予定が書いてあるから、どういう活動をしているのかは知っているでしょう。自分の出た新聞記事を見せたり、『ふたたび』という映画を、観とけとチケットを渡したりしたけど、とくにそのことについて話したりはしないな。孫たちには、あえて言う必要ないし、大きくなってきたからな、どんな子に育っていくのかな、わかったときにどんな態度が出るんやろうかなとか、僕のほうがいろいろ楽しみにしてるんやけどな」

過去を携えて未来へ

正吉が公の場で初めて顔も名前も公表、いわゆるカミングアウトしたのは２００９（平成21）年５月３日憲法記念日の『朝日新聞』「ひと」欄である。記事は冒頭、次のように書く。

顔も名前も隠さないと決意した。ハンセン病問題基本法が施行された4月、関西のハンセン病の元患者〈回復者〉でつくる「いちょうの会」の会長になった。「法律が勇気をくれた」と話す。娘に元患者であったことを告げてから5年の歳月が流れていた。カミングアウトするのにやはりそれだけの時間が必要だったのだと思われる。

時間を国賠訴訟判決直後まで遡ってその後の正吉の軌跡をたどってみる。

国賠勝訴。テレビを見ながら涙が溢れ出てきた——と正吉は言った。そこに映る先輩や友人たち。彼らはあるがままに生きている。自分の思いのままに行動している。溢れ出る涙に誘われて正吉のこころのベクトルが大きく振れた。

懐かしい感情が溢れてきた。これまでの過去が走馬灯のように思い出された。ハンセン病を患って療養所に隔離され、新良田教室を卒業して社会に出た。社会では自分の病歴を隠し、忘れようと努力し、前だけを向いて歩いてきた。

そうして我慢して少しずつ積もり積もって強固になった鎧。社会で生きて行く上で頼りになり自分を守ってくれた鎧。しかしその鎧が今はとても重く感じられた。もう脱ぎ捨てよう。自分もあるがままに生きよう。

そう思うと、鎧が涙で溶けて軽くなった正吉のこころのベクトルは過去に向かった。正吉はどうすればいいか知っていた。先輩たちが訴え行動してきたことは過去を明らかにし未来に向かうこと。「恩返しをしなくてはと思った」と正吉は言う。一緒に過去を携えて未来に向かうのだ。「あるがまま」には当然過去がふくまれる。

「そのまま知らん顔はできないだろ。ちょっとでもできることがあれば手伝おうと自分を締め直した。新聞広告に載った大阪府の窓口に連絡し、手続き方法を聞いて書類を送ってもらった記憶がある」

2001(平成13)年5月11日熊本地裁が原告側の主張をほぼ全面的に認め、5月23日小泉首相が控訴断念を表明、25日に歴史的判決が確定した。国は賠償問題の解決のためにハンセン病補償法を制定(6月22日施行)、すべての被害者に補償をおこなうとした。しかし多くの原告は、補償法による一時的な補償金ではなく、国の責任を明確にしたうえでの賠償金の支払いを求めた。そこで新たな提訴者も増えた。ところが、遺族原告や非入所者原告との和解、退所者の社会生活支援策をめぐって協議が難航し、それらが解決したのは翌年の1月であった。

「判決の後につくられた退所者の集まりに顔を出すようになり、だんだん気持ちが強くなってきました」と検証会議で正吉は述べているが、補償金の手続きなどのために月に1回神戸に通うようになり原告団の一員となった。

「2001年の判決がなかったらみんなに会えていない」といちょうの会のメンバーであり新良田教室5期生の森敏治は言ったが、正吉にとっても旧友との再会、仲間との触れ合いは、こころ安らぐ時間になっただろうと想像される。かつて「社会復帰」当初に関西在住の新良田教室同期生が集まって喫茶店に屯《たむろ》した、あのときの時間のような。あのときと違うのは、たとえばあのときは雪に閉ざされた小屋の中の温もりの共有であったが、今度は、開け放たれた小屋の外に出て空を仰ぎ友と肩を組む連帯感だ。

「そのとき、三十何年ぶりに宮良と会うたのかな。えらい変わっていたな、腹は出てるし（笑）」と森に言われて、正吉は「腹の話はハラハラするから止めとき！」と笑って返した。

判決の年の秋には関西退所者の会（のち「ハンセン病関西退所者原告団いちょうの会」）が、らい予防法違憲国賠訴訟の関西在住原告らによって、弁護団の協力で立ち上げられた。正吉も入会し活動をはじめた。

翌2002（平成14）年5月末で正吉は37年間勤めてきた印刷会社を辞めた。定年まで3年残していたが、正吉にとっては「ここしかない」というタイミングであった。

印刷現場の責任者として凸版からカラーオフセットへの移行という大仕事を成功させて「ほっとひと息ついた」ところに国賠勝訴。他の回復者や弁護士たちとのつきあいもはじまったところだった。

「思いがけず補償金を手にして、仕事はもういいだろう、あるがままに生きてもいいだろう、もう一度生き直そうと思った」と正吉は言う。

運転免許を取り、車を買った。行動範囲が広がるにつれ世界も広がるように思えた。その後酷使してきた体を半年ほど休めて、それから、いちょうの会の活動をやりながら新聞配達やビル警備などの仕事を65歳までつづけた。

アイスターホテル宿泊拒否事件

ところで、国賠判決後「社会」は変わったか。愛楽園で正吉と一緒だった大城鉄夫（仮名）は次のような話をした。

「うちの親戚に校長先生上がりの人がいて、その奥さんが上ばっかり見て歩く人で、病気のことめっちゃ嫌っていたんですよ。その人が（判決後）初めて愛楽園に行った。これまで近づくことすらせんかったからね。だから、あ、やっぱりちょっと変わったかなという感じはしましたね」

国賠訴訟がマスコミで大々的に報道されたために、国民の多くがハンセン病について知り考える機会も増えたにちがいない。厚労省は２００３（平成15）年1月より中学生向けパンフレット「ハンセン病の向こう側」を全国の中学校あてに送るという啓発活動をはじめた。しかしこのパンフは文科省からではなく厚労省から送られるため、多くは学校の保健室に眠っているという批判がある。

そんななか、同年秋、アイスターホテル宿泊拒否事件がおきた。ホテルがハンセン病元患者の宿泊を拒否した事件である。経緯はおおよそ次の通り。

２００３年9月17日、熊本県は「ふるさと訪問事業」で、アイレディース宮殿黒川温泉ホテルに菊池恵楓園のハンセン病元患者18名と付き添いの4名の宿泊を予約した。11月18日から一泊する予定であり、この事業は過去に何度もおこなわれていた。しかし、元患者であることは知らせていなかった。11月13日になって、事情を知った同ホテルから「他の宿泊客への迷惑」などを理由に宿泊を遠慮するように申し入れがあった。翌14日、県担当者が親会社であるアイスターへ出向きハンセン病についての理解を求めたが、同ホテルは方針を変えなかった。県は知事名の抗議文を手渡し、宿泊拒否の撤回を求めたが同ホテルは応じなかった。そのため県は18日に熊本地方法務局へ報告をおこない、人権侵害ならびに旅館業法違反などの疑いにより熊本地方検察局の調査が開始された。そして翌２００４年2月16日、同ホテルを旅館業法違反により営業停止処分とする方針が発表された。同日にアイスターは同ホテルの廃業を表明。県は同ホテルに対し3月15日から17日までの営業停止処分を決定したが、その直前の12日にアイスターによる記者会見がおこなわれた。会見においてアイスター側の弁護士は「加害者は県で、被害者は元患者とホテル」であるとした上で、「訴状も用意し真剣に訴訟を準備したが、（処分を呑んだのは）真実が明らかになることで、傷つく人が出るのは避けられないためだ」と説明した。熊本地方検察庁は同月29日、旅館業法違反容疑により、アイスター社長、同ホテルの総支配人、法人としてのアイスターを略式起訴、熊本地方裁判所は三者に対し、罰金２万円の略式命令を下した。（ウィキペディアより要約）

学習集会であいさつする正吉（2008年）。ハンセン病回復者支援センターは年間60回ほどの講演会や研修会にかかわり、いちょうの会会員らが語り部として参加することも多い。【提供：宮良正吉】

当初、宿泊拒否が報道されるとホテルに対する大きな怒りの声が社会からおきた。が、ホテル側が形式的に謝罪したことに対し入所者らが「反省がない、自分たちがどれだけ傷ついたか」と訴えると、今度は怒りの矛先が県や恵楓園自治会に向けられた。そして、ホテル廃業のニュースが伝えられるや、県や自治会への抗議はさらに激しくなった。「後遺症のひどい人の写真をはがきの中央に張り付け、矢印で指し示して言いたい放題書いてあった」葉書などもあったという。

正吉はこの事件について「かわいそうや思っていたことが、ところが回復者が権利を主張したとたんに、なんじゃあいつらはと。私らの世話になりながらこの態度はなんやねんということでしょうね。ハンセン病の問題はね、同情で理解するのではなしに、ほんまに、ひとつの病気としてね、理解していかなきゃならないんじゃないかな。それと、約一世紀にわたって強制隔離がおこなわれたでしょ。官民一体となった無らい県運動が戦前だけでなく戦後もおこなわれた。それがハンセン病への誤解を広げ根深い偏見・差別を助長していったんだよね」と言ったが、『ハンセン病問題に関する検証会議最終報告書』（日弁連法務研究財団）は、この事件について次のように「考察」している。

ハンセン病と回復者に対する差別の二重構造が明らかになったという指摘がある。ホテル側の表面的な差別の背後に、社会の広範で深刻な差別構造が存在している。菊池恵楓園自治会がホテル側の形式的な謝罪を拒否したところ、抗議の手紙やファックスが殺到した。こうした抗議の存在こそが正面から見据えるべき問題の本質だと考えられる。回復者たちが同情されるべき存在としてうつむいて控えめに暮らす限りにおいては、この社会は同情し理解を示す。しかし、この人たちが強いられている忍従に対して立ち上がろうとすると、社会はそれに理解を示さない。それが差別・偏見であることに気づいていない。このような指摘である。差別意識のない差別・偏見といえようか。深層に入ったものだけに、根が深く、その是正は必ずしも容易ではないが、人の手で作ったものを人の手で壊すことができないはずはない。この差別意識のない差別・偏見も、自然発生的なものではなく、人為的に、それも「無らい県運動」等によって政策的につくられたものだからである。

「責任をもって行く」

正吉は回復者であることを長い間カミングアウトしなかった理由について、次のように語ったことがある。

「わしが回復者ですと言わんかったのは、それを言うたことによって、回復者である私に負けてしまうという、分かってもらえる？ それ、嫌なんよ。甘えてしまうというか、私は回復者です。助けて。違う。そういう自分が怖かった」

同情に甘えることが怖かった。

「なってしまったときもあるよ。ほんだら、悲しくなってしまうわけよ。それは絶対嫌やった。そういうときは森田さんの姿を思い浮かべながら、そういうふうになったらアカンと。だからわしは言わなかった、回復者と」

森田さんというのは長島愛生園自治会の中心人物であり、印刷会社に就職したときの身元引受人でもあった森田竹次のことである。高校時代の若い正吉にもっとも影響を与えた。

「森田さんは手足が不自由でな、普通だったら自分の不幸を悩むじゃないですか。それが、なんでそんなに明るい？　口にペンを咥えて……、しかしそれを苦にしている様子もないわけや。若い奴を受け入れてくれるし、怒らないし、ちゃんと諭してくれるし、行くんやったら責任をもって行くような生き方。そういう生き方を体で学んだ」

「わしは義理人情にこだわる奴やから。やりはじめたらやり遂げるしかないいて」と正吉は冗談のように笑って言うが、正吉の気っ風の良さは生来のものに加えその生き方にもよるのだろう。そんな正吉だから、いちょうの会の会長を現在まで12年間もつづけることができたにちがいない。

正吉はいちょうの会の会長に就任してすぐにカミングアウトした。それは、「責任をもって行く」決意ができたということである。

正吉の「あるがままの」「生き直し」の人生がはじまった。

8章
退所者の孤立

退所者の数

「私らは放り出されたクチやから。荒波に放り込まれたようなもんやから。そのなかでも銘々が一生懸命に生きてきたんですが、でも一人ではちょっとね……」と正吉は言った。退所者に共通する思いといちょうの会会長としての思いを端的に言い表しているように思う。先に紹介した森田竹次の「人間の勇気なるものは、天から降ったり、地から湧いたりするものではなく、勇気が出せる主体的、客観的条件が必要である」（『偏見への挑戦』）という言葉を想起させる。

２０１６（平成28）年5月に、大阪府社会福祉会館3階のハンセン病回復者支援センターで、正吉を含むいちょうの会のメンバーと支援者に話を聞いた。回復者の退所、仕事、結婚、家庭、いちょうの会の活動、病気治療、再入所……、そして「社会」のこと。

そのときの話を振り返り、社会福祉法人ふれあい福祉協会が２０１８（平成30）年にまとめた『ハンセン病療養所退所者実態調査報告書』（以下『報告書』）と、２０２０（令和２）年２月に大阪府とハンセン病回復者支援センターが発行した『いのちの輝き―ハンセン病療養所退所者の体験記』（以下『体験記』）を引きながら、退所者の現状と課題について触れてみたい。

隔離政策のなか、国は退所者を、軽快退所、一時帰省、長期帰省、事故退所（自己退所）、逃走、その他に分類して記録した。

退所者の数について、『報告書』に以下のような記述がある（三木賢治「ハンセン病政策と退所者」）（＊は筆者）。

「１９０９（明治42）年に公立療養所が開設されてから１９５５（昭和30）年までの入所者約4万人のうち２０００人以上が退所した、との記録もある。この通りであるとすれば、絶対隔離の原則の陰で、実に20人に１人（＊５％、年平均43人）が社会復帰していた計算となる」

「全国13の国立療養所の統計を総覧すると、『軽快退所』に分類された退所者の総数は１９４５（昭和20）年から２０１７（平成29）年３月末までに４８６２人を数えている。また、これとは別に『事故退所』『その他』の形で退所したものが同じく２８６６人、４３３４人に上っており、合計1万２０６２人（＊年平均１６５人）が社会復帰を果たしている計算となる」

戦後、退所者が増加しているが、それは特効薬プロミンのおかげである。筆者の三木は退所していく人を見送る療養所の様子を次のように書く。

「入所者は単に療友の社会復帰を喜んだだけではない。ハンセン病が治る病気になったこと、自分たちが生涯病人であり続けなければならぬ境遇ではなくなったことを歓迎したのである」

多くの人が治癒し退所に向かう動きを無視できなくなった当時の厚生省は、1951（昭和26）年、全国で35人の「軽快退所者」が出たことをはじめて統計に計上した。

のちに開校した新良田教室（1955〜1987年）卒業生307人のうち、じつに225人（73％）が退所し社会復帰した（『新良田　閉校記念誌』岡山県立邑久高等学校新良田教室閉校記念事業実行委員会・1987年）。当然ながら退所者の多くが若者であった。

退所の不安と喜び

念願の退所。しかし、退所するまでにも不安や障害があった。次は、新良田教室在学中のときの男性の体験。

制服制帽姿で岡山市内まで用足しに出かけた時のこと、交番にいたお巡りさんがニコニコしながら近づいて来た。徽章を見たらしく、「僕はお前の学校の先輩だよ」と話しかけて来た。先輩は1期生しかいないのにおかしいと思ったが、すぐに気が付いた。岡山県立邑久高校の卒業生だったのだろう。校章だけは本校と同じだから後輩と思ったらしい。少しだけ気を許して「僕は長島の……」と言いかけると、お巡りさんは「患者か？」と吐き捨て、顔色を変えて交番に逃げ帰って行った。卒業しても経歴として役に立たないとは分かっていたが、新良田教室で学んだといえば「私はらい病です」と宣伝することになるのだと思い知らされた瞬間だった。4年で無事卒業。

使い物にならない卒業証書はビリビリに破って捨て、菊池恵楓園に戻った（『報告書』）。

森敏治は、「軽快退所をしたいと園に申し出たら、『その顔で退所出来ると思っているのか』と医者に言われましたが、退所に向けて菌検査を月1回受け、1年間続けました。最後にはおしりの肉を取って検査されました。らい菌はなく、軽快退所が認められました」（『報告書』）と医者からひどい侮辱を受けたことを告白している。

退所者が増えていくなか、それでも園に留まる人が圧倒的に多いわけだが、病気は治ったのに彼らが退所できない理由について、多磨全生園の林芳信園長は次の四つを挙げている。①退所後の社会生活に対する不安と困難。②一般世間のらいに対する余りにもつよい嫌悪偏見。③長期入所のため社会での生活基盤を失うこと。④療養中に生じた理由（結婚生活や長期療養による心身の耐労働力の低下）である（『報告書』）。いずれも国の隔離政策に起因する。そうさせられたのである。

しかし、不安を抱えながらも退所者たち、とくに若者たちは「自由」や「希望」を求めて療養所を出た。1962（昭和37）年に長島愛生園を出てパチンコ屋の従業員になった山城清重は、そのときの喜びを「貧しい田舎での生活、療養所の他人の中での寂しく切なかった生活を思い出しては、社会復帰が出来たことが嬉しく、何回も『バンザイ』と叫びました」と語っている（『報告書』）。

黒島一郎（仮名）は、つらい思いをしながらも、退所できた「幸せ」を語る。

ある日仕事中、食事係のおばさんから言われたんです。「あんた、どうしたん？　手がすごく腫れてるやん。痛くないんか?」って。知らない間に火傷をしてしまっていたようでした。すごく腫れているから周囲は驚くし、自分は痛くないのに痛いふりをしなくちゃいけない。でも真実は言えない。悔しくて、悔しくて本当に泣きましたよ。もう思い出したくもないつらい出来事です。病気がバレるのが怖くて医者に行けなかったですね。治るのに半年くらいかかりましたね。本当につらかったけれど、でも、その一方、もう一生出られないと思っていたところから出てきたんだから、自分はまだ幸せなほうなんや、頑張ろうという気持ちがあったから、乗り越えることができました(『体験記』)。

いちょうの会定例会での正吉。「退所者全体の問題を常に考えて行動されているなというのをすごく感じます。宮良さんのようなリーダーがいるのは大きいと思います」というのが支援センターの加藤めぐみコーディネーターの正吉評。

「社会」の荒波

「社会」はしかし、正吉が言ったように「荒波」が立っていた。後遺症の残る人の多くが「冷たい視線」を浴びせられる経験をし、とくに医療の現場や結婚の場面では差別や偏見が顕著にあらわれたようである。

『報告書』に、1972（昭和47）年に邑久光明園を退所した男性の、病院で受けた3度の屈辱的な体験談が載っている。

「診察の後、別の部屋に案内されました。看護婦さんと兵庫医科大学の学生もいっぱいいて、先生が『今から病名を言います』と言って、『らい病です』と病名を告げました。ハンセン病とは言いませんでした。そうしたら学生たちが『うおーっ』と言って、引きました。このときの看護婦さんがすごくいい人で、『この病気では絶対に死なへんから、治るから』と言ってくれましたが、私はショックで『死にたい』と帰りの車の中で妻に言いました」

「歯が欠けたので近所の歯科医院に行きました。口を開けて調べてから『あーあ』と。何かを思ったのか阪大病院を紹介すると言われました。何かあったのかなあ、ハンセン病だったことを疑われたのかなあと思ったけど、阪大病院へと言われて一人でずっと悩んで、妻には言えないし、結局歯科にはそれ以降行かなくなりました」

「高熱が3日間続いたので、救急車で病院に行きました。診てもらったら肺炎だということで入院になりました。私の手はそのころ、ハンセン病の後遺症で指が曲がっていました。医師がどうしたのか聞くので、正直にハンセン病だったことを話しました。治療のこともあるので、知っておいてもらったほうがいいと思ってハンセン病歴をうちあけたのですが、その後、主治医なのに5日間ほど入院している間、病室には一度も来てくれませんでした。（略）一度も胸に聴診器をあてに病室にも来てくれなかったので、偏見による差別を感じ取り、許せないと思いました」

生身の体を晒さなければならない医療や介護の現場こそハンセン病回復者のことを配慮するべきで

あるはずだが、多くの回復者がその無理解を嘆いている現実がある。結果、病院を敬遠し病歴を隠すようになる。『報告書』によると、アンケートに答えた退所者の約47％が市中の医療機関で診察を受ける際に病歴を明かしていないという。

また、他の退所者は、大学病院の医師に「あなたは社会にいられるような人ではありません。すぐ長島に帰りなさい」と言われ、「本当に首をつろうかと思いました」（『体験記』）と嘆いている。

『報告書』にはまた、１９６２（昭和37）年に長島愛生園を退所した男性の、破談になった結婚話が記されている。

会社の女性とふとした事から付き合いが始まり、交際して行くうちに結婚の話になりました。もちろん私がハンセン病だったことは内緒にしての結婚申し込みでした。腹を決め彼女の両親に会いに行きました。その両親は思ったより話のわかる人で、すんなり結婚を認めてくださり、本当に夢のような感じでした。しかし、帰るときに彼女のお兄さんから「お前の家族におかしな病気になった人はいないだろうな」と釘を刺され、私はドキッとしましたが、心の中で、まさか調べには来ないだろうと高をくくりました。「そんなことは有りません」とはっきり宣言してその時は帰りましたが、一瞬不安が胸をよぎりました。それから1週間ほどしてから、相手側が興信所に依頼したようで、私の素性が総て知られてしまいました。それでも彼女は病気のことは気にしないと言ってくれましたが、両親からは決して許してもらえず、結局、彼女とは別れることになりました。私も会社を辞めて3ヶ月程荒れた生活をしていました。私の人生で初めてハンセン病の偏見・差別があることを思い知らされた出来ごとでした。

「社会」に出て、差別や偏見を感じたり体験した退所者たちは、病歴をひた隠すようになる。そして孤立していく。

病歴を隠して

堅山勲は、住民票を求められるたびに職場を変えた過去を次のように述懐している。

「満20歳の誕生日に〝脱走〟して東京に向かった。墨田区内の塗装工場で臨時工を募集しているのを見て飛び込み、採用された。（略）人の3倍は働いた。障害があるから人並みにしていたのでは認められない。辞めさせられても困る。だから後遺症のある退所者は懸命に働くものだ。（略）社長に認められ、正社員に取り立てられることになった。それで困った。『住民票を取って来い』と言われたからだ。住所は敬愛園のままだ。住民票を出せば、病歴がバレてしまうだけではない、逃走してきたのだから、居場所もバレてしまう。仕方なく、給料をもらった日に退職した。続いて働いた葛飾区のパチンコ店でも住民票がネックになった。（略）社長に呼び出され、社員にするから住民票を持ってこい、と言われた。適当に働いていればよかったのだが、弱みがあるから、それが出来なかった。この店も辞めるしかなかった」（『報告書』）

また、まるで逃亡者のような生活であったがそれでも社会復帰してよかったと振り返る人もいる。

僕の履歴書には17年間の空白を埋めた偽りの記載がある。（略）問題は病歴がバレないようにすることだった。同僚たちの雑談に加われば、身元について根掘り葉掘り尋ねられ、うっかり妙なことを口走りかねない。そこで、余計なことは一切しゃべらないと決めた。朝、職場に着いたら「おはようございます」、仕事を終えて帰るときに「失礼します」、この二言しか自分からは口にしないようにした。半年経つ頃には少しは口数も増えたが、何か言われたら「はい」と答え、自分のことは一切話さない。招かれても、会社の人の家には行かない。自分の家にも呼ばない。まるで逃亡者のような日々だった。(略)63歳で退職した。病歴は最後までバレずに済んだ。(略)僕はいまだに家から出ると、気を遣って生きている。隣近所に病歴がバレてしまうのが怖い。街で療養所時代の知り合いとすれ違うことがあっても、お互いに挨拶もせず、知らんぷりをする。最近は啓発のために講演の講師を務めたりもしているが、地元では絶対にやらない。それでも、今が人生で一番いい時だと思っている。自分が好きなように生き、誰にも気兼ねすることがない。(略)社会復帰して良かった(『報告書』)。

72歳の退所

72歳で退所した人もいる。いちょうの会のメンバーである本山美恵子(仮名)は2009(平成21)年10月、57年間過ごしてきた大島青松園を退所した。

「退所してほんとによかったと思います。普通の暮らしがどんなに素晴らしいか、実感しています。今はとにかくふらふら出歩いています」と笑う。旅行に行ったり、カルチャーセンターに通ったり、カレンダーの3分の2は埋まっているという。

2001（平成13）年に連れ合いが亡くなった。「自分が死んだらおまえは外に出ていけ」と言われそれなりの準備をしてくれていたこともあって、「このまま大島で私の人生を締めくくるのは絶対嫌だ、せめて死ぬときだけでも一般社会で普通の人として死にたいという思いを募らせて」いたという。

退所のきっかけは新良田教室1期生の同窓会。友人にハンセン病回復者支援センターのことを教えられ、センターのスタッフに相談しながら退所の準備を進めた。マンスリーマンションで1か月間暮らしてみたら、「どうってことなく暮らすことが出来、つき物が落ちた気分でした。なぜ一人では暮らせない、庇護されなければ生きていけないと思い込んでいたのか、自分に呆れるとともになんとか暮らしていけるのではないかとの自信が出来た」（『体験記』）

それから半年後に退所した。

「みなさんみたいに働いてちゃんとしたんじゃゃなくて……」と本山の声が小さくなると、すぐさま、「尊敬する。70超えて、な。不安と怖さとなあ。なかなかできんわ」と大城鉄夫（仮名）が声をかけた。「言うのも恥ずかしいんですが、予防法のあった時代に比べたら、いい気なもんだと言われそうな気がします」

「言わへん、言わへん」。同席していた全員が声をそろえた。……それにしても療養所での57年間というのは想像もつかない。

「結婚した相手が急速に不自由になったということもあったんですが、そこで暮らすことに慣れてしまうと一日がすぐに過ぎてしまいますもんね、毎日のことに追われて。毎日毎日長いと思わずに進んでしまいました。いま考えたら、そら恐ろしい年月……」

本山がつくった歌に「五十年住みつつ異郷と思う地に今年ももくせいの匂いただよう」というのがある。関連して次のように語っている。

「今、歳を取った入所者の多くが療養所を第2の故郷だという言葉を口にし、自分の人生を肯定しようとしています。自分の人生、来し方を否定するのも哀しいですが、入所せざるを得なかった療養所、自分のそれまでの人生のすべてを失わせた療養所を第2の故郷とおだやかに肯定する言葉を聞くのも哀しいです。私は第2の故郷と思ったことはありません。断じて思いたくありません。何十年暮らそうと大島は異郷の地としか思えませんでした。(略)私はどんな将来になろうとも二度と療養所には帰りたくありません。終わりだけは普通の人として終わりたいです」(『報告書』)

いちょうの会定例会には会員のほか弁護士やジャーナリストなど多くの支援者・関係者も参加する。首相謝罪から1か月後のこの日の例会では、家族勝訴のことがひとしきり話題になった(2019年8月25日・大阪府社会福祉会館5階)。

隠さなくていい場所

本山は現在84歳。高齢だから体の心配があるが、もしも何か問題がおこったとしても、いちょうの会のメンバーや支援センターのスタッフなど、相談できる相手がいる。しかし、退所者の多くがそういう環境にはないという。

『報告書』によると、「現在、3000人前後の退所者がいてもおかしくないのに、退所者給与金の受給者は2017（平成29）年3月現在で1167人に留まっていることだ。所得制限を超す収入があるために受給出来ないケースも含まれているだろうが、退所者からのさまざまな情報によれば、多くは厚労省や療養所との接触を避けているためとみられる」（「ハンセン病政策と退所者」）という。3000人のうち3分の2ちかくは退所者給与金を受け取っていないというのである。病歴を知られたくないために手続きをしていないのだと思われる。こんな例がある。

「Bさんは、退所者給与金を受給できることを知った後も、二つの不安のためにしばらく請求を躊躇していた時期がある。不安の一つは、給与金が通帳に振り込まれる際に、通帳に『ハンセン病』という文字が記載されるのではないか、あるいは銀行員にハンセン病関係の給与金を受給していることがばれるのではないかという不安である。二つ目は、自分が死亡したとき、誰がどのような手続きをすることになるのか、その時点で家族に自分の病歴が判明するのではないかという不安であった」（坂手悦子「療養所ソーシャルワーカーの現場からみる社会復帰支援」『報告書』）

手塚敬一（仮名）は、「大阪にはいちょうの会がある。しかし新良田出身の人が何人おるか？　ほとんど会いに来ないよ。コレなんでやということを知らなあかん。出席したい、だけど出てこれない。そんな人はようけおるわけ。そんな人は可哀そうだよ。言いたいことも言えんしね。昔のことを隠して暮らしているのよ。ウチはあっけらかんに暮らしている。その差だよ。そういう場所がいかに必要かと俺は思うけどな」と、孤立している退所者のことを残念がる。

1964（昭和39）年に長島愛生園を退所し現在大阪府に住む女性。

「長らく商売をしていたこともあり友だちは多いのですが、ハンセン病歴は秘匿しています。友だちはハンセン病に対して悪いイメージのことしか言わないので、私も傷つくし、気を遣います。（略）（支援センターの人が）家を訪問してくれて話しました。堰を切ったように何時間もこれまでのことを話しました。いつもはハンセン病だったことは話せない、このことは隠さないといけないと気を遣っていましたが、何も隠さなくてもいいというのがこんなに楽だとは思いませんでした。現在は、退所者の会であるいちょうの会にも入り、いろんな方との交流が楽しく、またハンセン病問題を改めて学習する機会を得ています」（『報告書』）と話す。

このように関西地区における支援センターやいちょうの会の役割は大きい。病歴を隠さず、気にすることなく話ができ相談ができる場所というのは、とくに孤立している退所者にとってとても必要なのである。

最後の告白

人生の最後の最後に子どもに病歴を告白した男性の手記が『体験記』に載っている。

１９４３（昭和18）年に生まれ、中学3年の時に菊池恵楓園に入所。新良田教室卒業後退所。自動車学校に就職してさまざまな資格を取得。社員３００人の会社の役員となり60歳で退職。その間、結婚して子どもふたり。胆石手術、眼底出血、無呼吸症候群、膀胱癌の病歴。ハンセン病のことはそれまで誰にも話さなかったが、63歳の春、妻に離婚覚悟で告白。「何でもっと早く言ってくれなかったの！」妻の言葉に安堵。翌年癌再発。「自分の人生の終末を思う時に、過去の自分を思い出して」妻と「お暇ごい旅行」に出かけた。思い出の人と場所をめぐり、そして新良田時代の友人に会ったときの場面を次のように記している。

高校時代とは明らかに変わって、みなさんおじいちゃんになっているのに、三〇分もすると高校生の顔になってきたのです。（略）クラスの三〇名のうち、一〇名が療養所にいること、二名が亡くなったこと、一八名が社会人として活躍していることがわかりました。しかし連絡が取れている人は半分程度のようでした。あと半分の人とは連絡も取れていないようでしたが、もしも結婚していれば、家族にも言えないまま高齢化して、過去を懐かしく思う今の年齢になって、ずいぶん寂しい毎日を過ごしている人もいるのではないかと思うと、自分の今の幸せに感謝しなければと思います。（略）私たちは、発病時に親兄弟から引き離されたという同じ境遇であることから、ただ単に同級生とか幼ともだちといったものとは別な、まるで兄弟のようなもので、もしかすると戦友とはこんな感じなのだろうかと考えるのでした。（略）終わりが迫っている私の人生の中で、何の隠し立てをする必要もなく、心おきなく話ができるという素晴らしい環境ができたのです。

「話す」ことがいかに大切なことか、われわれは知らされる。

そして、最後の最後に子どもに告白したときのことを「話のタイミングに苦労しましたが、話してみればまさに『案ずるより産むが易し』だったのです。隠しごとのない本当の家族になれたことは大きな喜びでした」と書いている。

どういうタイミングだったのか。支援センターの加藤めぐみが彼の息子から聞いた話を次のように付記している。

「息子さんが実家に遊びに来ていた時に、一緒に来ていたその妻にはわからないようにと、同じ家に居ながらお互いそれぞれパソコン画面を通して、Mさんはハンセン病であったことを告白されたそうです」

第12回ハンセン病市民学会に参加したときの正吉（2016年・星塚敬愛園）。市民学会には毎年のように参加している。登壇することも多いが、「たくさんの仲間たちに会えるのが楽しみ」。

誰しも重荷をおろして最後を迎えたいと思うにちがいないが（余計な重荷を背負わせたのは誰だ！）、たとえば、孤立して退所者給与金の手続きをしていない人たちは今どうしているのか、これからどうしていこうとしているのか……。正吉によると、退所者の平均年齢は「80歳ぐらいではないか」と言う。

再入所

「時間がないんですよね」と正吉は言う。

「私らには時間がないんやから、国や県には、無らい県運動をやったのと同じくらいに力を入れて環境整備をやってもらわな。そう思いますよ。退所者のケアや相談事業など真剣にやっていただかないと困る。……明らかに後遺症があるのに、それをそのまま抱えて暮らしている退所者は多いと思います。とくに独りで生活している男性なんか、孤独死を恐れているわけ。ところが昔のまんまの意識でおるから、病院に行けない。だから、とくに沖縄などでは、後遺症を治療するのに療養所に通う人がいる。そして、介護が必要になったからと療養所に再入所する人が実際におるわけですよ。やっと出てきた療養所に逆戻りです。しかし、歳をとると後遺症だけでなく糖尿病とか不整脈とかいろんな病気がでてきますからね、それら全部を療養所では治せない。今は医療がものすごく発達していますからね、療養所に戻ることはないんですよ」

なんとかして孤立している退所者に伝えたいと思うのだが、と言う。

森元美代治は、後遺症で目が見えなくなってきたという理由で多磨全生園に再入所した。しかし条件が整っていれば再入所することはないのにと、言外に。

「ハンセン病後遺症のことをよくわかっている医師が、地域の医療機関の医師に助言する仕組みがあればいいかもしれないですね。（略）退所者の会のメンバーも再入所しようかどうか迷っている人は多いと思います。何とか地域での医療・介護の体制がハンセン病後遺症に配慮したものになってほしいですね」（『体験記』）

森元が再入所したもうひとつの理由は、多磨全生園では医療保険での入院ができないからである。なぜか。『報告書』は次のように書く。

「（厚労省の内規は）新規退所者扱いの退所者給与金を受給している退所者が、治療のために再入所を2回以上繰り返すと、退所者給与金が月々約9万円も減額されることを意味している。このルールがあるため、退所者は再入所による治療をとるか、退所者給与金のために治療をあきらめるか、といったジレンマに陥ることになるのである」（「療養所ソーシャルワーカーの現場からみる社会復帰支援」）

全国13療養所のうち7療養所で「保険入院」という方法を選択して入院することができるようになったという。保険入院というのは、一般の医療機関への入院と同じ扱いのため入院費用を支払わなければならないが、退所者給与金が減額されることはない。「後遺症治療のために入院を繰り返し必要とする退所者にとっては良い制度である」。しかしながら、と続く。

「保険入院制度については、退所者の方々への周知が十分なされている状況とはいえない。療養所によって対応が異なり、また保険入院による受け入れ枠があっても実質的には十分に機能していない療養所もあるため、幅広く周知出来る段階ではないかもしれない。しかし、治療をとるか、退所者給与金をとるかの二者択一を退所者に強いて良いはずはない。退所者の療養所における医療の充実化は重要な課題である。だが、本当に必要なことは、退所者が地元の医療機関を安心して利用できる態勢である」

30までにはなんとしても社会復帰すると決心して、後遺症の残る不自由な体で退所した森敏治も78歳になった。森も次のように言う。

「二〇一九年から、介護保険サービスの利用を始めた。持病もあるし、後遺症もあるし、高齢やし、身体のことは心配や。医者には病歴は隠さないけれど、新しい病院に行くのはやっぱり抵抗がある。その医者がハンセン病の知識があったらええけど、ない人のほうが多いしな。オレでも抵抗あるのに、ハンセン病歴を隠している人なんかは、もっともっと病院に行くことに抵抗あるし不安なはずや。地域の中で、病歴をわかってくれている人が関わってくれるってのはホンマに安心なことや。医療関係者や介護職員には、ハンセン病問題とハンセン病の後遺症のことはぜひ学んでほしい」(『体験記』)

ハンセン病問題基本法はできたが、解決されるべき問題は多い。

療養所から

退所者の問題は、退所者が孤立していたという状況もあって、入所者の問題に比べて後手後手になってきた感がある。

加藤めぐみは、2004(平成16)年の検証会議で正吉の証言を聞くまで「退所者の話を直接聞いたことがなかった」と言っているし、さらに、「国レベルで退所者の課題が論議されるようになったのは、2015(平成27)年3月に開催された『ハンセン病問題対策促進会議』で、ハンセン病関西退所者原告団・いちょうの会の宮良正吉会長が『退所者・非入所者の抱える現状と課題』というテーマで訴えたのが初めてであった」(「退所者支援の現場からみた現状と課題」『報告書』)と記している。

「時間がない」なか、退所者はどこへ行くのか。
再入所者たちの「現実」を坂手悦子が次のように書いている。

社会復帰の経験がある人たちは、口をそろえて「社会復帰して良かった」という。しかし、その生活が「病気がばれてはいけないという恐怖心、精神的な不安」に覆われたものであり、「病歴を隠し続け、逃げ続けた生活」であった点も共通している。（略）ハンセン病療養所への再入所は、本人の希望によってなされる。隔離収容の場であったハンセン病療養所に、なぜ自ら希望して戻るのだろうか。「病気がばれてはいけないという恐怖心、精神的な不安」「病歴を隠し続け、逃げ続けた生活」に終止符を打つためには、再入所という道を選ばざるをえない現実が今もある。隔離収容の場であった療養所に自ら戻るというパラドックス、この事実こそ、ハンセン病問題の根深さを象徴している（「療養所ソーシャルワーカーの現場からみる社会復帰支援」）。

「社会」は一見おだやかだが、その底流にはまだまだ「荒波」が立っているようである。それがときどき宿泊拒否事件のときのように噴出する。「時間がない」というのに「荒波」はいつになったら収まるのだろうか。それともそれは、収まらない性質のものなのだろうか。

9章
バラバラになった家族

ミチコさんの体験談

ミチコさん（仮名・当時71歳）の体験談は衝撃的だった。２０１９（令和元）年8月24日。兵庫県尼崎市立地域総合センター神崎で開かれた講演会「私の家族は、ハンセン病でした。」（ハンセン病問題を考える尼崎市民の会主催）でのことだ。長くなるが、紹介する。

父がハンセン病で隔離されるために、窓のない貨物列車に閉じ込められて連れて行かれました。母は泣きながら、消毒で真っ白になった家の中を掃いていました。兄が小学1年、私は4歳、弟たちは3歳と0歳でした。

炭鉱長屋ではその日から誰も相手にしてくれません。共同トイレ、共同水道を使ってはいけないと言われました。隠れてトイレに行き、暗くなって母がバケツで水を汲みに行きました。

四人の子どもを母独りで育てるのは大変です。兄は父方の祖母のところへ、私は母方の祖母に預けられました。家族はバラバラになってしまいました。

祖母宅には母の兄夫婦と赤ん坊、母の弟二人が肩を寄せ合って暮らしていました。私は気を遣い、お手伝いできることはなんでもやりました。

ある日、心配した父が様子を見にやってきました。父は赤く腫れてひび割れた私の手を握りしめ、ため息をついて悲しい顔をしました。子どもながらも父のやりきれなさ、子を思う親の気持ちがわかりました。今もそのぬくもりを忘れません。

母の役に立つと祖母が判断したのでしょう、私は小学2年から母と暮らすようになりました。ほんとに嬉しかった。母は朝早くから夜遅くまで休みなく働いていました。母の寝ている姿を見た記憶がありません。私は母親代わりに弟たちの世話や家事を全部やりました。私たちは生きることに一生懸命でした。

母は残業で出るパンを食べずに残してくれていました。弟たち二人を連れて1時間以上もかかる道のりを歩いてパンを受け取りに行ったものです。

学校ではいじめの毎日でした。学校の帰り道で待ち伏せされ石を投げられました。先生からも差別を受けました。教室の隅っこの席に座らされ、整列の時は必ず最後尾に並ばされました。

ある日のこと、いつものように下の弟を保育園に送り、授業が始まるギリギリに学校に着きました。階段を上がっていくと担任の女の先生と鉢合わせになりました。するといきなり「学校に来なくていい」と言って私を突き落としたのです。とっさに手すりに掴まって滑り落ちたので怪我はしませんでしたが、悲しくてやりきれない自分がおりました。辛くて泣きながら家に帰りました。問われるままに母に言うと、母は怒って校長に抗議に行きました。次の日からその担任の先生は私を完全に無視するようになりました。先生の名前は今も忘れません。学校に行くのは恐ろしかったけれど、母に悲しい思いをさせてはならないと思い気持ちを押し殺して通い続けました。

差別は私ばかりではありません。弟は保育園でほったらかしにされていました。朝、保育園に着くと異常に泣きました。機嫌をとって門の中に送り込みますが、いつまでも泣き声が聞こえてきます。保育園の先生たちは知らんぷりです。悲しくて可哀そうすぎて、何度か家に連れて帰り、学校を休んで一緒に過ごしたこともありました。

学校の帰りに迎えに行くと、弟はいつも独りでした。ある日お迎えに行くと弟がいません。誰も探してくれません。あわてて自宅に行ってみると、弟は家の中にぽつんと座っていました。3歳の弟の足で40分くらいかかる距離です。先生は弟がいないことに気づきもしない、責任も感じていない。こんな幼い子がどんなに心細かったことか。寂しすぎます。悲しすぎます。病人の子どもだからですか。ひどい差別です。弟にとって保育園は独りぼっちの檻の中のようなものだったろうと思います。

小学校6年の頃、上の弟が病気になり愛生園に収容されてしまいました。二人の病人を出した家として近所からより厳しい眼で見られるようになりました。もうそこで暮らし続けることができませんでした。まもなく母と私と下の弟三人で関西に転居することになりました。

中学校になっても担任の男の先生にいじめられる日々でした。英語の先生でした。英語の授業が始まると私はいちばんに難しい問題を答えさせられます。当然わかりません。他の生徒たちにはしません。みんな机に向かって授業を始めます。私は授業が終わるまでずっと立たされます。

1年生を終わるまでと自分に言い聞かせて我慢してきました。通知表にはおとなしいだけが能じゃないと書かれてしまいました。2年になってまた同じ担任だとわかったときは、目の前が真っ白になりました。涙が止まりません。思わず屋上に登っていました。でも父母のことを考えると、父母の苦労を考えると、私に何かあると悲しむだろうと思い、自分にストップをかけ、教室に戻りました。ほんとに辛い2年間でした。

私が中学3年の時には父がときどき家に帰ってくるようになりました。そのころの母は体調を崩しずいぶん辛かったんだろうと思います。父に辛く当たるようになりました。父は黙ってふさぎ込みました。そんな父に、母は、こんな血筋の家なんかに嫁に来てしまい苦労が絶えない、こんな病気があるなんてと父を責め泣いていました。

私にとって父は、6歳の私のひび割れた手をやさしく包んでくれた優しい父でした。中学3年になり、自分の意見を口に出せるようになっていた私は、「父ちゃんは好きで病気になったんじゃない。もうやめて」と母に言いました。すると母は私に「お前にこの苦しみが分るか、苦労が分るか」と当たるようになりました。小学生の頃から母を心配させまいと辛い思いをすべて胸に秘めていた私は、「私も苦労しているよ」と心の中で叫びました。

母からあきらめてくれと言われたので泣く泣く高校進学をあきらめ、中学卒業と同時に働きました。結婚に関しては、好きな人、そうでない人、私には選択できませんでした。さいわい優しい人でしたので夫婦げんかもあまりなく平凡に暮らしてきました。

夫には父は岡山の老人ホームにいると嘘をつきました。3年前に夫が亡くなるまで嘘をつきとおしました。

母はずっと私が（療養所の）父に会いに行くことに反対していました。父と同じ墓に入りたくないとまで言っていました。このような家族関係になってしまったのは父のせいでしょうか。母のせいでしょうか。いいえ、すべて国の責任です。

父は2年前、長島で亡くなりました。故郷に帰りたいとずっと言っていたので、思い切って実家のお墓をみている兄に連絡をしました。わかったと言ってくれてお骨を持っていきました。ところが兄はしばらくお寺に預けるというのです。嫁は何も知らない、説明できない、バレたら家族が壊れてしまうと言われ、父はいまだにお墓に入ることができていません。

高齢となった母は最近では父のことを「あの人も可哀そうな人生を送っていたんだ」と涙ぐみます。せめて両親が仲良く一緒にお墓に入れたらと願っています。私たち家族の受けてきたこの苦しみは、今も続いています。

夫との間には優しい三人の息子がいます。嫁や孫もいます。父をたまに旅行に連れて行くために次男にだけは父のことを打ち明けました。他の子には言っていません。

根強い偏見が残っている中で、今も不安を感じながら生活しているため、今日も匿名でお話をさせていただいていること、ご容赦いただければと思います。本日は私の語りをお聞きくださり本当にありがとうございました。

ハンセン病家族訴訟

講演会は、ミチコさんが家族としての体験を話し、ハンセン病家族訴訟原告団の黄光男《ファングァンナム》副団長が自身の体験と原告団の活動を紹介、弁護団の大槻倫子弁護士が裁判の経緯と内容について解説するというものであった。司会はハンセン病回復者支援センターの加藤めぐみコーディネーターがつとめた。以下、当日の話を参考に再構成してハンセン病家族訴訟、家族の問題にアプローチしてみたい。

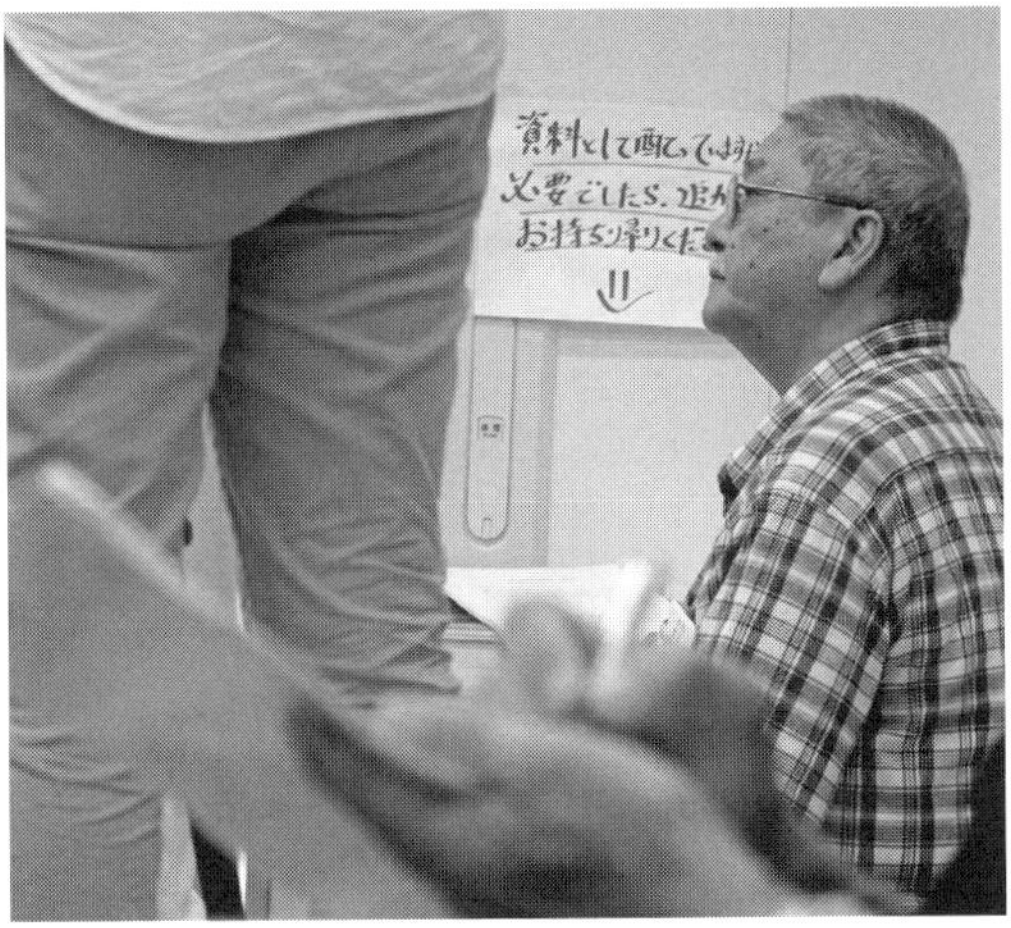

尼崎で開かれた講演会「私の家族は、ハンセン病でした。」を聴講する正吉（2019年8月24日）。「母は僕が沖縄に帰ると就寝時に必ず横で一緒に寝た」（『体験記』）と書いているが、そのときどんなことを考えていたのだろうか。

ハンセン病元患者の家族が、国に謝罪と損害賠償を求めて２０１６（平成28）年2月に熊本地方裁判所に提訴したのが、ハンセン病家族訴訟である。原告５６１人（結審時）。

３年後の２０１９（令和元）年6月28日、熊本地裁は、ハンセン病患者隔離政策が家族にも深刻な被害を与えたとして国の賠償責任を認める判決を下した。原告団、弁護団、支援者たちが控訴断念を訴えて運動を展開すると、7月12日、国は控訴せずに判決を受け入れることを表明。7月24日、安倍首相が原告団と面会して謝罪し、「差別偏見の根絶に向け全力を尽くす」ことを約束した。

尼崎の講演会は、首相の謝罪から1か月後のことであった。

大槻弁護士は家族訴訟の目的を四つ挙げた。①家族被害について国の責任を明確にする。②家族一人ひとりが人生を振り返り整理する。③家族関係を修復する。④社会の責任を問い、市民の一人ひとりがこの問題を考えるきっかけにすること、の四つである。

そのうち家族被害について、弁護団は、①偏見差別にさらされる地位に置かれた被害、②家族関係の形成を阻害された被害、の二つについて訴えた。先の、ミチコさんの体験談にはまさにこの二つの被害が生々しくあらわれている。

弁護団共同代表の徳田靖之弁護士によると、各原告個別の請求ではなく一律請求にしたことについて、①審理期間の短縮による早期解決を図るため。②原告団内部の不平等化を避けるためとし、さらに、「偏見差別にさらされた被害」ではなく「偏見差別にさらされる地位に置かれた被害」としたのは、「原告の中には、実際に深刻な差別や排除を受けた人たちとそうした差別や排除を受けたことはないものの、こうした被害を避けるために、自らがハンセン病歴者の家族であるということを隠し続けて生きて来た人たちがいたことを考慮したため」である。「私たちが、家族訴訟の被害立証において最も重点をおいたのは、この『隠し続けて生きる』という人生の重さである」（「ハンセン病家族被害と私たちの社会」『ふれあい福祉だより』第17号・２０１９年12月）と書いている。

隠しつづけて生きる――。

黄副団長は、講演会で、「裁判に勝ってよかったなあと思っています。控訴もしないという。しかし、

561人の原告のなかで多くの人がまだまだ自分の名前を語れない。多くが語れずひっそりしている。差別のない社会、みなさんの手でつくってくれます?」と呼びかけたが、別のところで家族について、こうも言っている。

家族は自分たちが世間から差別されないように、肉親である入所者のことを忘れる、無視する、葬り去る、死んだことにする。事実、離縁し戸籍から除籍する、葬式に呼ばない、結婚式に呼ばない、そして亡くなっても遺骨を引き取らないという現実があります。そういう家族が、実は大半です。そのために、療養所の中に納骨堂があるわけです。家族の人たちが遺骨を持って帰れば、納骨堂なんていらないんですね。納骨堂にはたくさんの遺骨が眠っています。故郷に帰れない遺骨が安置されています。すごく寂しい話です。家族の人、自分の身内の遺骨くらいちゃんと、故郷に連れてかえってあげてほしいと言いたいです。自分の親を看取りたくない子どもがどこにいるのかって。分かっていながらそれができない。家族の人も決して本心ではないっていうことです。入所者の方も、家族に迷惑がかかるから、家族には連絡せんでええって言うわけです。家族の方も、親から連絡があっても繋がんといてくれって言うわけです。このような断絶した関係になっています。(略) 家族裁判が一応、決着つきましたから、ちゃんと故郷に遺骨を持って帰ってあげてよと、私としては言いたいところなんですよ。しかし、家族が決めることであって、無理強いはできません(黄光男「ハンセン病家族訴訟勝訴報告会」『閉じ込められた命―ハンセン病と朝鮮人差別』兵庫在日外国人人権協会・2020年)。

複雑な心境を語っている。

国の主張と判決

家族の提訴に対し、国はどう主張し、そして裁判所はどういう判決を出したか。神谷《かみや》誠人《まこと》弁護士が詳しく解説している（「ハンセン病歴者家族の被害―国は家族の声に応えたのか」『ふれあい福祉だより』第17号・2019年12月）。

国の四つの主張と裁判所の判決は次の通りである。

一、「ハンセン病患者及び家族に対する偏見差別は隔離政策以前から存在していた」という国の主張に対し、判決は「隔離政策や無らい県運動は、国民に『ハンセン病が国家によって隔離収容される恐い病気であるとの認識や、優生思想もあいまって、罹患したハンセン病患者だけでなく、その近くにいる家族も排斥すべきであるとの認識』を全国津々浦々に植え付けたと認定」した。「昭和18年頃迄には、ハンセン病患者・元患者の家族が大多数の国民らによる偏見差別を受ける一種の社会構造が形成された」とした。

二、「隔離政策は、患者本人を隔離対象としたもので家族に直接被害が及ぶことはない」という国の主張に対し、判決は「国及び地方自治体は、隔離政策を推進・維持するために、①家屋や家族の衣類等にまで及ぶ大々的な消毒、②『癩病家指導』『患者台帳』等が示す家族の管理、③未感染児童と療養所に敷設した保育所、④婚期を遅らせることを勧める結婚指導、⑤優生手術等の、家族に偏見差別が及ぶことを認識しながら、『潜在的感染者』『感染しやすい体質を受け継いだ者』として扱った各施策を実施したこと、すなわち『家族も標的』としてきたことを明確に認定」した。

三、「入所や発病時期、家庭環境は様々であり家族に共通被害は認められない」という国の主張に対し、判決は提訴の二つの家族被害を認定し、「これら共通被害の実情は、最低限度の社会生活・学習機会・自己実現の機会の喪失や秘密を抱えることによる人間関係や人生の選択肢の制限等の人格形成にとって必要不可欠な事項が含まれており、個人の尊厳にかかわる『人生被害』である」とした。

四、「平成8年らい予防法廃止以降、国は『正しい知識』の普及啓発を行ってきており、遅くとも訴訟提起の三年前である平成25年には無視しうる程度まで偏見差別は解消されており、国賠請求権は消滅している」という国の主張に対し、判決は、「法廃止やハンセン病が隔離する必要のない病気である旨を厚生大臣が公式に発表しても『一定の効果』にとどまり、多くの国民らに偏見差別の意識が残った」と認定、「法廃止後の国の偏見差別解消策は、誤った隔離政策によって偏見差別意識が国民に形成された点を明確にしない不十分なものであったとして、厚生労働大臣のみならず、法務大臣及び文部科学大臣の偏見差別解消義務の懈怠を厳しく指摘」した。一方、国賠訴訟後の「平成14年以降は、国に国賠法上の責任を認めるだけの偏見差別解消義務違反は認められない」とした。

国の主張は一部を除いてほぼ退けられた。

社会」）。

判決の意義と限界

徳田弁護士が、判決の意義とその限界について簡潔にまとめている（「ハンセン病家族被害と私たちの社会」）。

意義について、①家族の被害を国の隔離政策によるものと認定した。②国の隔離政策によって、ハンセン病の病歴者やその家族を差別し、排除する社会構造が形成されたためであることを明確にした。③国が実施すべき偏見・差別を除去するための諸施策を担う主体として厚労省だけでなく、人権啓発を担う法務省、学習・社会教育を所管する文科省をも加えた。

限界については、①平成14年以降の偏見・差別の存在を軽視し、差別の現在性を明確には認定しなかった。②沖縄在住の原告について、米国施政権下にあった時期の存在を理由にして損害額を減額した。③認容額の低さと被害認定の形式性。

黄副団長は講演会のなかで、判決の内容についていくつか言及した。

「今回の判決のなかで画期的なひとつは、厚労省、法務省、文科省の三者に対して責任があったと述べたことです。なかでも文科省が責任を問われて啓発を進めるというのは、これ、すごく大事で、小中高の先生が授業の中でハンセン病問題をきちんと生徒の皆さんに説明するということです。できます？　学校の先生でハンセン病の問題をきちんと勉強した先生ていますか？　やってもらわな。先生たちが子どもたちにきちんと教えることは重要で大切なことですから、ぜひ頑張ってください」

補償金については次のように述べた。

「私の人生被害、130万円なんですよね。皆さんどない思います？　あまりにも低すぎる。お金のことを言うと意地汚いような感じになりますけども、やっぱり謝る言葉の重みが違いますわな。130万で謝ってますみたいな感じに思います」

判決は、偏見差別を受けるべき地位に置かれた家族の共通損害を30万円、親子関係を引き離された被害を100万円と評価して、それぞれ130万円（167人）、100万円（2人）、50万円（59人）、30万円（313人）、0円（20人）と認定した。20人の原告が訴えを棄却された。

黒坂愛衣東北学院大学准教授が「二〇人の原告たちが認められなかったのは、〇二年以降に自分の立場を知ったからだと。だけど、それまで彼らが知らなかったのは、元患者の親が子どもを差別から守ろうと思って隠していたわけですよね」と憤る判決内容だった（福岡安則・黒坂愛衣「ハンセン病回復者の語り・家族の語り⑪思いよ届け！」『世界』2019年9月）。

しかしその後補償金については、2019（令和元）年11月22日施行の「ハンセン病元患者家族に対する補償金の支給等に関する法律」の制定によって、配偶者・親子には180万円、きょうだい等には130万円と一律に補償金が支払われることになった。一律補償は実現できたが、金額はわずかにアップしたにすぎない。そして、沖縄の米軍統治下の期間除外の制限がなくなり、内縁の配偶者、台湾・朝鮮に住んでいた人にも同法が適用されることになった。

また、同日「ハンセン病問題の解決の促進に関する法律の一部を改正する法律」が施行され、家族被害が明記された。

「社会構造」

黄副団長は、判決文に出てきた「社会構造」という言葉にも触れ、おおよそ次のように述べた。

「個人個人のなかにある差別というのは、それは誰がつくっているんやと言えば、社会構造がつくっているというワケですよね。世間体ってあるでしょ。それって社会構造ちがうかな。自分自身はおかしいと思っているけど、世間様がそういうふうに言うてるから、自分も差別する側にまわる。たとえば『空気を読む』ってありますやんか。ハンセン病差別あかん、ダメと言うたとしても、空気読めよ、みたいなね。そうするとそっちのほうに靡《なび》いてしまうんですね。その世間っておかしいでしょって、そういうことをみんなが言わなあかんですね。それってダメでしょ、と切り返す。0・5秒の間に言い返す。5分後10分後では遅い。気づいた人がものを言うのがすごく大事かなと思います」

しかし判決は、神谷弁護士の解説にあるように、「平成14年以降は、国に国賠法上の責任を認めるだけの偏見差別解消義務違反は認められない」とした。平成14年以降というのは、国賠判決後ということである。

その判決について、徳田弁護士は「〇一年までの差別偏見を社会構造とまで認定していたわけだから、その社会構造をぶち壊すことがいかに大変なのか、わかってしかるべきだった。そこが抜け落ちているから、簡単に、〇二年以降を切り捨ててしまう。せっかく社会構造という捉え方をしてくれたのに、そのほんとの中身が押さえられていない。結局、大多数の意識の問題だというふうに、どっかでやっぱり捉えている。だから、〇三年に起きた菊池恵楓園入所者に対する黒川温泉宿泊拒否事件（＊

アイスターホテル宿泊拒否事件）の評価を過《あやま》つ」と語っている（『世界』２０１９年９月）。

「偏見」について、福岡安則が次のように書いている。

「一般に、偏見とは、①個々人の内面に巣食うものである②対象に対する間違った認識である―と二重に誤解されている。そうではない。偏見は個々人に外在している。そして個々人をさまざまに拘束してくる。そういうものだ。また偏見が構築されていくときには〝誤った知識〟の宣伝により、特定のグループに対する恐怖心等があおられていくことで作り出されるものであるが、いったん出来上がってしまうと、その核は対象に対する嫌悪・敵意そのものとなる。いまだに、ハンセン病元患者の家族に対する結婚差別などがなくならないのは、差別する人が『ハンセン病がうつる怖い病気だ』と思っているからではなく、『あの人たちにかかわると、ろくなことにならない』といった感情が渦巻いているからだ。そして、その自分の感情は『世の中の人みんなと共有しているはず』と思いこんでいるからだ」（「偏見除去への教育再構築を」『南日本新聞』２０１９年7月10日）

偏見は個々人の内面にではなく、外にあって個々人を拘束している、「社会構造」となって個々人に「世の中の人みんなと共有しているはず」と思わせる、という。黄副団長の言う「世間体」「空気」のようなものだろうか。

偏見をなくすためにはどうすればいいか。福岡は次のようにつづける。

「差別される側に立たされた人たちとマジョリティーに属する人たちとの『対等地位の接触』、黒坂の言葉でいうと『出会い、ふれあい、語らい』を積み重ねて、両者の関係性そのものを変えていくことをおいて、他にはない」

かつて取材に応じてくれた三宅美千子（外島保養院の歴史をのこす会共同代表）も、ハンセン病回復者支援センターの加藤めぐみも同様のことを言っている。

三宅は、主に人権問題に関わってさまざまなところでボランティア活動をおこなっている。「愛生園に泊まった時に、家族がいかにしんどいか、ひと晩聞いたことがありました。福井の人でした。家族の問題をとことん闘わねばと思いました。啓発といくら口で言っても難しいです。ほかにも、障がいを持った人、被差別部落の人、そういう人と触れ合う。一緒に食べて、語り合う。そういうことが必要なんじゃないかと思っています。また、同じ問題意識を持つ人たちのネットワークも必要ですね」

加藤も「人と交わる、交流すること、実際にモノに触れることの大事さを実践としてやらなかったら、実感としては感じ取れないでしょうね。差別に対して、差別はダメということを言葉で教えても、体が実践してくれないわけやから。私もそうでしたが、ハンセン病回復者と出会うことで、もっと知りたいという思いが湧いてきて、知ったら、取り組みたい。では、体をどう動かすか、実際に動いて感じ、考えるわけですから、そういう取り組みをやっていかなかったらダメなのではないかと思います」と言う。

しかし現実はなかなか厳しい。自分の問題として捉えることができるか。どこまで徹底できるかだと本山美恵子（仮名）が次のようなエピソードを語っている。

大島で私はリハビリで陶芸をしていたのですが、よく庵治の小学生が遊びに来ていました。陶芸を一緒にしながら入園者の話を聞かせてほしいということです。その子は4年生の男の子だったのですが、ある時、話のあと「私たちはいろんな目にあって来たけど病気のためだったんだからね、病気は誰が罹るか分からない、あんたが罹っていたかもしれない、あんたのおばあちゃんが罹っていたかも知れないんだからね」の私の言葉にその子は一瞬蒼白になり言葉を失っていました。自分とは関係のない病気のように思っていたのだろうと思います。私もびっくりし、慌てて今は日本では罹る人も居ないし万一罹ってもいい薬が出来ているから学校を休むこともないし私らのような目にあうことはないから、大丈夫だよと言ったものでした。その時思ったのです。その子にハンセン病のことをいろいろ語って聞かせたというおばあちゃんもやっぱり他人事としてしか考えてなかったんだということです。「あん」（＊映画）を観て泣いた人も同じだと思います。ハンセン病だけでなく、いろいろな忌避される病気、また何時誰がなるかも知れない重度障害者などに対しての、理解というのはまず自分と置き換えたところから始まるのではないかと思ったことでした（『報告書』）。

黄光男の話

黄副団長は、在日朝鮮人として本名の黄光男《ファングァンナム》、日本語読みの黄光男《こうみつお》、日本名の黄《き》原光男《はらみつお》、の三つの名前を渡り歩いた、高校のときに本名を名乗ったと自己紹介し、ハンセン病元患者家族としての自身の体験も語った。『閉じ込められた命―ハンセン病と朝鮮人差別』を参照しながら筆を進める。

黄光男は1955（昭和30）年大阪府吹田市で生まれた。母がハンセン病に罹ったので、1歳のときに岡山市の育児院に預けられた。下の姉もハンセン病と診断され母と一緒に長島愛生園へ。5人家族はバラバラになった。

「執拗な大阪府職員の安東さんと松本さんがやってきたということですね。『岡山にある愛生園に行きなさい』と何度も説得しに来るんですけれど、『行かない』と拒否をしていました。ところが、近所の通っていた風呂屋で入浴を拒否されたり、家を消毒されたり、いろんなことが」あった。これは後に情報公開請求で大阪府から取り寄せた母親の患者台帳で知った。

「大阪府の職員が入所しろと何度も何度もやってきて、それが無らい県運動ですよね。公務員が憲法違反をやっている。もちろんとんでもない法律をつくった国が悪い。しかしあれは国がやったことで私たちは知りません、で片付けられる問題ではないでしょというのがこのハンセン病問題なんですね。実際にハンセン病患者を地域から追いやったのは一般市民なわけですよね。怖い病気やというのを何度も宣伝されて、信じ込まされて、真に受けて一日も早く地域から追い出さなあかんと思った。うその情報を信じ込まされた。そういう意味では一般市民も被害者。しかし、人の言うことを鵜呑みにせず疑うことが大事。学校の先生とか市会議員とか、県会議員とか国会議員とか、そういう人たち力持ってますよね、そういう人たちの言うことであっても鵜呑みにしてはダメでしょ、ということ」

翌年、父親と上の姉も愛生園に入所。その後、家族が光男を育児院に迎えに来たのが1964（昭和39）年、小学3年のときだった。尼崎で家族5人揃っての生活がはじまった。

「小学校4年くらいの時に、何の病気？　と母親に訊いた。母親が『らい病』と声をひそめて言った。

その言葉としぐさが非常に衝撃で、今でも目に浮かぶ。それから、『らい病』というのを一切口にしなくなった。就職しても一切口にしなかった」

１９７４（昭和49）年尼崎市役所に就職。１９８２（昭和57）年結婚。１９８５（昭和60）年二女が生まれたころ、妻に、義母が「生きとってもしゃあない」と悲観的なことを言うのはなぜかと問われて、ハンセン病のことを打ち明けた。

「一九九三年、私は母に『妻にはハンセン病のことを話した』と説明した。そしてその年に父母とともに家族で愛生園へ旅行に行ったのだ。実に八年かかってしまった」

２００４（平成16）年から遺族・家族の会である「れんげ草の会」に参加するようになり、２０１６（平成28）年2月提訴のハンセン病家族訴訟原告団の副団長として活動することとなった。そして先述のように勝訴判決、国の控訴断念を勝ち取ったのである。

講演会のおわりに、黄は次のように語った。

「東京で国会議員に控訴断念の要請をしましたけど、その場にも原告の方たちがたくさん来られて、国会議員の前で自分の人生を語るんですね。すると聞いている国会議員の顔色が変わってくるんです。ハンセン病問題の厳しさが原告の人たちの語りで伝わる。……ミチコ姉さん、今日はここまで語っていただいて本当に拍手を送ってあげたいと思います。僕自身もそうでしたけど、自分の人生の見直し、母親は、父親はなんだったのかなということを見直すという機会の一つになったのではないかと思います」

母親は、父親はなんだったのか――。

講演会では語らなかったが、じつは、黄の両親は別々の時期にふたりとも自死している。そのことについて次のように書いている。「息子や娘たちに何も話さないまま、自らの命を絶つことでその苦しさから逃れたのではないかと思えてならない」。そこには、両親ともっと語っていればという黄自身の思いも含まれているように思う。

「僕が（勝訴判決直後の）記者会見で言ったのは、このテレビを見ている人、この新聞を見ている人、ご両親がもしご存命ならぜひ電話一本かけてくださいと。躊躇されている家族の方がおられると思うんですよね。しかしもう口を閉ざす必要はない。被害を明らかにすることによって当事者がどう変わって行けるか、これから考えていかなければいけないなあと思っています」

電話一本かけてください――。黄の言葉が胸を打つ。

家族の絆を

家族からの呼びかけを待っている元患者は多いと思われる。一方、家族訴訟勝訴をきっかけに家族に元患者であったことを打ち明けた人もいる。島端優（園名）もその一人である。

妻には結婚後、病歴を話していましたが、子どもたちには一言も話していなかったのです。家族に対する「補償法」が成立したことを契機にして告白するなら今だと思いました。そして勇気を出して子どもたちの前に新聞記事をおいて、「お父さんはハンセン病回復者です」とまず長男に話しました。出た言葉は「インターネットや新聞記事で知っていた」と、私からの言葉を待っ

かつての「宮良民宿」に今は夫婦ふたり。今は孫がいちばんの楽しみ。「どんな子に育っていくのかな、（病気のことを）わかったときにどんな態度が出るんやろうかな」楽しみ、と正吉。

ていたと言いました。療養所には連れて行っていたので、療養所に入所されていた方からハンセン病の実態を詳しく聞いていたので、親の行動も見ていたようです。まだ告白していない孫や家族には時間をおいて話すことにしました。知らせていない自分の過去を明かし伝えることは、妻の承認も重要で判断が難しかったです。このまま隠し続けて終わるのかずっと思案してきました。生きる尊厳を失った心の傷は奥深いのです。その後、下の二人の息子にも話しました。「いつお父さんから話があるかなあと思っていた」と言われました。子どもたちに、自分の幼児期から今日までの過去を懸命に隠しもって生きてきた胸の内を打ち明けて、精神的に楽になりました。課題は多くありますが、家族の絆の大切さを改めて感じた日になりました（『体験記』）。

宮良正吉は、いちょうの会会長として会員をまとめて家族訴訟に関わった。『体験記』に次のように記している。

「二〇一七年の鳥取遺族訴訟と熊本地裁におけるハンセン病家族訴訟の闘いは、さらに僕たちを大きくした。鳥取地裁と熊本地裁には最初から、いちょうの会と支援センター職員や支援者が一緒になって傍聴支援を続けた。六月二八日熊本地裁の勝訴判決後も、国に控訴断念させる闘いを継続、二〇一九年七月一二日の安倍首相談話で勝訴が確定した。こうした闘いのうねりの中から家族の絆を取り戻す退所者が出てきたことは、家族訴訟勝訴の象徴的出来事だった」

家族の絆を取り戻す――

自身の家族についてもふれている。

「家族訴訟判決の勝利を機会に、あらためて僕自身の家族のことについて、収容後の六三年の歴史を振り返ってみると、親も兄も姉も、間違いなく偏見・差別を受ける地位に置かれていた。親兄姉にとどまらず、近い親戚も、現在では『島を出た八重山人』となっているからだ。僕が元患者だと分かっていても、決して口に出さず、それとなく気遣ってくれた。母は僕が沖縄に帰ると就寝時に、必ず横で一緒に寝た。母から見れば何時までたっても我が子だったのだ。その母も亡くなり、兄姉も三人になった。僕の入所時にサポートしてくれた三人の兄はもういない。今も健在である三人の姉兄へ、国が長年の家族の苦痛に対し謝罪したことを伝え、補償金を受け取るように手紙を書いた。今の僕にはこんなことぐらいしかできない。いずれも後期高齢者で、わずかな額だが、これからの生活に〝潤い〟を与えてくれればと思う。少しでも絆が深まる一歩になることを祈る思いだ」

正吉が石垣島を出て愛楽園に「収容」されたのは1956（昭和31）年春。10歳のころであった。あれから65年。その間に、正吉が書いているように家族全員が「島を出た八重山人」となった。今はもう島には家屋敷もなく、見知った親戚もほとんどいなくなった。

65年の歳月。正吉の旅路をたどってこれまでの物語を紡いできたが、もしも正吉の親きょうだいの一人ひとりについて語ることができたのなら、ミチコさんのように、それぞれ語るべき家族の物語があったはずである。

そんなふうに、元患者と家族の連なりと広がりを考えると、ハンセン病問題の深刻さを一層感じる。しかし、これまで主に元患者の側からおこなっていたと思われる「偏見差別の社会構造」を壊す作業を、家族訴訟を機に、これからは家族の側からも、同時に突き崩していくという方法も考えられるのではないか。

家族勝訴が良い方向にさまざまに波及していくように願わずにはおれない。

10章 ふるさと

「島を出た八重山人たち」

「ハンセン病市民学会第15回総会・交流集会 in 八重山・宮古」が、２０１９（令和元）年5月18日から20日までの３日間開催された。

18日におこなわれた八重山集会のテーマは、「闇ぬ世《ゆう》から太陽《てぃだ》ぬ世《ゆう》へ〜ハンセン病元患者や家族の沈黙と悲嘆・帰郷を躊躇や拒絶に追い込んでいる島社会をどう撃つべきか〜」。長いタイトルだが、島社会の闇を考えようというところに八重山実行委員会の意図があった。

ハンセン病療養所建設が何度も計画されながら、けっきょく実現しなかったために、八重山の患者たちは島を出なければならなかった。遠くは本土の療養所、台湾の楽生園、県内では屋我地の沖縄愛楽園、そして宮古南静園へ。

とくに、無らい県運動渦巻くなか愛楽園の開園に合わせるように73人の患者が送り込まれた

第15回ハンセン病市民学会でのシンポジウム「島を出た八重山人たち」で発言する正吉。左は故・金城雅春愛楽園自治会長、右は『人間回復の瞬間』の著者上野正子。八重山出身回復者３人のふるさと講演は画期的なことだった（2019年５月18日）。

１９３８（昭和13）年の強制収容、１９４４（昭和19）年の日本軍による強制収容、１９４９（昭和24）年の米軍による強制収容は「八重山収容」と呼ばれ、患者たちを「ゴミ同然に扱った」悲惨な様子は患者や家族だけでなく、島民にも大きな恐怖を植え付けた。

　そのときの記憶が強烈に刻印された島社会。その後も療養所はできず、ハンセン病はタブーとなり、そのぶん偏見差別は闇夜に増幅し、子どもたちは患者の家の前を息を止めて走った。ハンセン病を発症した人はひっそりと島を出なければならなかった。回復して帰ってきた人も、一切口を閉ざした。

　最後の八重山収容から70余年。ハンセン病はいまや「インフルエンザより簡単に治る病気」（金城《きんじょう》 雅春《まさはる》）になり、現在の若者たちはハンセン病のことを知らない。そんな時代になったにもかかわらず、島の元患者や家族たちはなお沈黙しひっそりと生きている。島外で病歴を公表し活躍している元患者も島に近づかない。八重山にはいまだに厳しい偏見差別があるというのである。

そんな「島社会をどう撃つべきか」。八重山実行委員会は、シンポジウム「島を出た八重山人たち」を企画した。現在島外で活躍している八重山出身の元患者に登場してもらい、ハンセン病の歴史と実態を明らかにし、ふるさと八重山のこれからを語ってもらおうというのである。

当日の集会は、ハンセン病に罹った妻が毒蛇になって裏切り者の夫に復讐するという沖縄最初の無声映画「執念の毒蛇」の上映・解説（姜《きょう》信子）、総会、徳田靖之弁護士による家族訴訟についての報告、そして最後にシンポジウムがおこなわれた。

パネリストは、いちょうの会会長の宮良正吉（1945年生）、上野正子（1927年生。星塚敬愛園在）、沖縄愛楽園自治会長の金城雅春（1954年生）の3人。それに、八重山実行委員長の大田静男がコーディネーターとして加わり、実行委員の上江洲《うえず》儀正《よしまさ》が進行役をつとめた。

上野正子は、沖縄県立第二高等女学校1年のときに発症して鹿児島県の星塚敬愛園に入所し現在も園で暮らしている。1998（平成10）年のハンセン病国賠訴訟の第一次原告団13人のひとり。ドリアン助川の小説『あん』の主人公・徳江のモデルとしても知られる。

金城雅春は、高校在学中にハンセン病を発症し、1980（昭和55）年に愛楽園に入所。熱心に自治会活動をつづけ10年後の1990（平成2）〜1993年、2000（平成12）〜2006年、ほか何度か自治会長をつとめている。国賠訴訟のときは愛楽園の原告団長として入所者をまとめた。

このメンバーが八重山で一堂に会してふるさとのハンセン病問題について語りあうというのは画期的なことだった。八重山で初めてのことである。いや、彼らのうちのひとりだけの講演会であっても八重山では大きなできごとであったはずだが、しかし、あれから2年たった現在、残念ながら目立った反響はない。

「啓発が大事です。機会をつくっていただければ私も宮良さんも出ていきます」と訴えた金城は2021（令和3）年3月、愛楽園で亡くなり、彼の講演会の機会は永遠に失われた。

「支援者をふくめた回復者の会をつくってほしい。元気を出して頑張ってほしい」と正吉は元患者に語りかけたが、その動きもいまだ見えてこない。

厳しい偏見差別

上野は自身の体験を語った。小学4年のときに八重山収容の様子を見て、「まさか私がハンセン病になるとは思わなかったけど、ハンセン病という病気はほんとに人から嫌われる怖い病気だなと」感じたと言う。

13歳で発症したとき沖縄本島にある県立第二高等女学校に通っていながら、愛楽園ではなく鹿児島の敬愛園に入所させられたのは、「家が石垣島でお店をしていましたので、沖縄の療養所に行くと、店が繁昌しないということで」あった。より遠くだと娘の病気の噂は島まで届きにくいと両親は考えたのだろうか。

園内で結婚。「病気が治ったんだったらお家に帰ってきなさいという手紙が来ました。ふたりでパスポートをとって帰りましたが、両親が私の曲がった指を見て、治ってないじゃないかと。結婚式を準備していたけど、押し入れの中に隠されて。これが第1回の帰省でした」

当時の島の偏見差別について、「八重山のハンセン病」（『月刊やいま』2011年5月）を書いたコーディネーターの大田は、次のように解説した。

「ハンセン病を出した家庭は、口が裂けても言えない。しかし狭い島だから、いろんなところから情報が洩れて、あの家はその病気の血統だよと噂が広まった。結婚話が破談になったり、子どもがいじめにあったり、いろんな差別がおきた。宮良正吉さんのように病気が見つかって、突然神隠しにあったみたいに学校からいなくなってしまう。親はどこに行ったという話などしない。口が裂けても言えない。本人も大変ですが、お母さんの気持ちも大変なんですよね。らい予防法が適用され、隔離政策のために強制収容が強化されればされるほど、このハンセン病は恐ろしい病気だという意識を住民に植え付けた」

1956（昭和31）年、10歳であった正吉は、自らがハンセン病であることも島社会の偏見差別を知ることもなく島を出た。金城も、高校2年で発病するまでハンセン病のことを知らなかったという。しかし、ふたりとも、現在の八重山はいまだに偏見差別が厳しいと聞いていると発言した。正吉は次のエピソードを披露した。

「2011年の市民学会、オプションでしたけれども、石垣島に来ました。そのとき、島は偏見差別が厳しいと聞きました。新良田時代の僕の友人がおりますけれども、電話を入れましたが会えませんでした。個人的にこっそりと会えば話ができるんですけれども、こういう場合（公の場で会うのは）

なかなか大変ということはあります。今も島の偏見差別は変わりがないと聞いています」

今も変わらない偏見差別。もしも八重山に療養所ができていたなら、島民の意識は変わっていただろうか。八重山に療養所は必要であったか。

その質問に、上野は「必要であったと私は思います。島に療養所があれば、私は鹿児島で過ごすこともなかったんじゃないか」と答えた。

正吉は、「慢性疾患を対象として、長期に及ぶ入院患者を治療する医療施設として必要だったと思います。ハンセン病患者の不幸は、国が隔離政策をとったということにあります。西洋のようにハンセン病患者の症状に応じて医療をする、そういう医療をしてほしかった。らい予防法は、患者を隔離するだけでなく、ハンセン病患者への医療も療養所の中に隔離しました。一般医療機関で後遺症の治療をできない状態が現在も続いているのはこのためです」と答えた。

金城は、「私の年代からすると、必要なかったと思います。というのも、この時代になって、医者がいない、医療関係者がいないというのが現状。宮古南静園でも医者が足りない。身近にいたら身近にいたなりの、また偏見差別があっただろうし、そういうことを考えると、なくてよかったかなと私は考えています」と答えた。

大田は次のようにまとめた。

「医療機関が、充実しておれば、療養所は必要なかったと私は思います。しかし医療が充実していない離島においては、療養所というよりは医療機関をもっと充実させたほうが人々の負担とかいろんな面でよかったのではないかと思います。隔離政策で中に閉じ込められて、結婚するときの条件として断種、堕胎をされる。そんな療養所はまったく必要ない。施設があればたしかに住民との交流とかができる。できるけれども、啓発活動が十分に行き届いて、人の心の中にまで届いているかとなると、これは大変むずかしい。宮古の知念《ちねん》（正勝）さんが話されていたんですが、施設があればハンセン病に対する偏見差別が無くなるのか、大田君、これは僕はちょっと疑問に思う、と。グラウンドゴルフとかいろんな大会に出て、そこでハンセン病の話をしたら、みんな納得すると。ところが一歩外に出ると、でもね、と言うと。これは施設だけの問題ではないのではないか、もっと心の中に踏み込んでいかなければ、と胸の内を明かしていたんですけれども、療養所が必要であったかどうか、世代によっても違うでしょうが、隔離政策のための療養所は必要なかったということですね」

ちなみに、２００４（平成16）年11月に宮古南静園でおこなわれた検証会議で「地域から」の証言者が次のように証言している。

「宮古は、ハンセン病に対する差別と偏見が一番ない所じゃないか、大らかじゃないかという指摘があるように聞いております。（略）宮古には、ハンセン病という烙印を押されると、もう逃げるところがないんですよ。だから優しい人、身内の人、これが総攻撃にかかるということが差別と偏見の実態だと思うんです。（略）宮古の狭い地域社会は、むしろ身内の方が攻撃的になるという一つの例をちゃんと知っておかなければ、差別と偏見の問題は理解できないんじゃないかと私は考えております。宮古が大らかだと言えることがもし、あったとするなら、これはもうどうにも逃げ場のない、開き直りの中から（略）逃げ場のない所から立ち上がるという……宮古のハンセン病をめぐる問題が、決して他の地域より生易しいものではなかったということだけは伝えておきたいと思います」（『沖縄県ハンセン病証言集宮古南静園編』）

啓発活動を！

八重山のハンセン病問題解決に向けて。上野は偏見差別がないようにと市民に訴えた。

「ハンセン病がこんなに嫌われる病気なのかなと思うと、残念でなりません。プロミンが出てからすぐに治る病気になっています。石垣島でもハンセン病になった方々が回復して生活しておられますけれども、大手を振って生活できるようにみなさんが温かく迎えて助けてくださいますように、私はそれを願いお祈りしております」

正吉は行政の謝罪と取り組み、啓発活動、回復者に対する介護・医療機関の適切な対応を要望した。

「八重山収容という収容のあり方を、今の時点から見て、ああ（患者を）人間として扱わなかったなあ、と思って反省していただければ、僕は、これから問題解決のためにものすごく本気で取り組んでいただけるんじゃないか、というふうに思っています。行政の方が、やっぱり謝罪してほしいという思いが強いです。もうひとつは、啓発を本気で取り組んでいただきたい。理解者が増えれば、回復者も勇気が出てくると思うんですよ。回復者はもう75歳を超えておりまして後期高齢期に入っております。八重山の回復者に、いま行政に何を求めるのかと聞いたら、介護施設に入るときに安心して利用できるように医療・福祉施設に対する専門医等による啓発研修、つまり差別偏見のない状況をつくってほしいと切々と言っておりました。さらに、協力医療機関ですよね。今後、後遺症だけでなしに、いろんな病気が出てきますので、協力病院の医師に相談すれば安心して治療してもらえる、そういう協力病院や高齢者福祉施設を増やしていただきたい」

金城は最優先すべきは啓発活動だと話した。

「療養所が身近にないということで、ハンセン病についての知識があまり流れてこないというようなこともあろうかと思いますが、老人クラブ、高齢の人たちがいちばん問題なんですね。無らい県運動をやってきた年代層、戦争に向かってハンセン病を排除しようと強制収容した人たち、その人たちの頭の片隅に、何か知らん、ハンセン病は怖いものだという記憶が残っているようです。それを変えていかないといけない。それで、私もさかんに老人クラブに出向いて行って話をしています。正しい知識を身につけていくのがいちばんいいだろうと思っています。ハンセン病だけでなくて、エイズや、いろんな病気についてもやはり正しい知識をもつということが重要です。市長さん、私、出向いていきますんでいろんな機会を作ってください。当事者から話を聞くのは、第三者から話を聞くのとはまた違うと思います。子どもたちも真剣さが違うと思います。啓発活動を頑張らないと、沖縄の偏見差別はなかなか変わっていかないというのがあります。みんなで変えていきましょう」

さらに、回復者へも訴えた。

「回復者の皆さん、がんばって大手を振って歩いてください。誰もハンマーを持って追っかけてこないでしょうから。今、ハンセン病はふつうの病気になっています。一般の病院でも診察ができるようになっています。薬も保険診療で出るようになっています。また、愛楽園、南静園で勤務されたドクターが一般の病院にたくさん行っております。ですから、安心して一般の病院にかかればいいと思います。医療者はそんなに偏見差別はもっていません。一度利用すればそんなに怖いものじゃないというのが分かると思います。平良仁雄さんも一般病院に通っています。最近愛楽園に来なくなった。やってみればどうってことないです。障がいを持った人たちが一般社会に出てきております。彼らともつきあっていければ面白いです。愛楽園では、同じ障がい者として障がいの問題を考えていこうと、一緒に行動しています。健常者も障がい者もともに助け合いながら生きていこうという条例が沖縄県にはできています。みんなで生きていけるような世の中にしていきましょう」

大田は3人の発言を受けて次のように話した。

「私はいつも戦跡巡りの案内をするのですが、小学生や中学生を連れて行くと、避難所の竈《かまど》の跡を見せるときに、竈とは何か、井戸とは何かということから説明しないといけない。ハンセン病の啓発についても、言葉をもっと噛みくだいて、きちんと伝わるようなことをしないとだめではないかと思います。さきほど金城さんがおっしゃっていたように、当事者がお話ししたほうがいい。ですから、八重山出身の方をお招きして啓発活動をしていただきたいなと思います。また、今いちばん啓発しないといけないのは、老人クラブだと思う。老人が『あっちの家はハンセン病の系統だから、嫁はとるな』と今もってそんな話をしているんですね。そういう人の頭をちょっとでも変えていく。それを婦人会にも青年会にもやっていただきたい。ハンセン病に対する誹謗中傷の文書などを見ていますと、子どもたちがそういう人たちの影響を受けて、変わらないとも限らない、だから、小学生、中学生もきちんとわかるような啓発をやらないといけないと思います。教育委員会にもぜひ頑張っていただきたいなあと思います。それから、回復者の人たちにお願いですけれども、私が言うのは失礼かもしれませんが、もうちょっと勇気を持ってもいいんじゃないかなと思います。自ら進んでハンセン病政策は問違いだったと、そういうことをお話ししてもらうことも大切ではないかなと思います。私自身が、寝た子を起こすなとさんざん言われて嫌になったこともありましたが、菊池恵楓園で一緒にお話ししたことのある谺雄二《こだま》さんの本に『死ぬふりだけでやめとけや』というのがあるんですね。ほんとに死んではいけないと僕は思うんですけれども、自分たちの受けた体験を後輩たちに伝えていく、社会にも啓発していく、それを強く願いたいと思います」

ある回復者の話

さて、シンポジウムで登壇者たちからエールをおくられた八重山在住の回復者たち。彼らの置かれた現状の一端でも知りたいと上原浩（仮名）を訪ね話を聞いた。上原は宮古南静園の退所者である。

――八重山で差別を受けたことは？

「知られないように生きてきた。先輩から聞いた話は厳しいよ。石を投げられたり、モッコみたいなので吊り上げて船に乗せられたり……。だから、石垣の人はみんな知られたら困ると言っている。親戚の人はわかっているけど、口に出さない。病気の話はまったくしない。正月とかのつきあいのときも、素振りもないね。ありがたいとは思う」

――回復者のみなさんで集まることはありますか？

「退所してから、宮古時代の元患者がしょっちゅう遊びにきた。ところが嫁が嫌がって、ここに連れてくるなと。隠し通さんといかんでしょ、と。しょっちゅう喧嘩。あのときは、共同風呂、共同トイレ。井戸も共同の貸間に住んでいたからな。知られたら怖いという気持ちがあったんじゃないか。

だから、彼らが来ても、南静園のときのことはぜんぜん話《はなし》しなかったよ。今でもときたま食事会をすることがあるけど、南静園のことはぜったい言わない。できない。ちょっと口を滑らしでもしたら、あとで、あなたあんなこと言わんほうがいいぞと注意がくるよ。二人だと話もするけど、他の誰かが来たらもう話さない」

――偏見差別、宮古と八重山を比べたら？

「宮古は八重山とは全然ちがうからな。差別はまったくなかった。夏休みのあいだ草刈りのアルバイトに行っても、宮古の人、絶対嫌わなかった。ボランティアで年寄りの家の台風の後片付けができたのも、嫌わないからさ」

――それは療養所があることと関係が？

「僕の考えでは療養所ができていたら、八重山の人もハンセン病に対する意識が変わっていたんじゃないかな。偏見差別が厳しいから、全然帰ってこない八重山の人は多いさ。退所しても帰ってこないわけさ。奥さんとか子どもとかがいても帰ってこない人がいるよ。みんな帰りたいという気持ちはあるよ。近所からの仕打ちというか、あれが怖くて帰れない。親きょうだいに相当迷惑がかかるということで帰れない。今でも知られたら困るという意識があると思うよ」

――後遺症や病気の治療はどこで？

「昭和40年ぐらいまでは病院に行ききれなかったよ。わざわざ南静園まで行って治療していた。病院に断られることはないと思うけど、怖いというのがあったと思う。今は八重山病院に行く」

――愛楽園の退所者との交流は？

「まったくない。ヤマトの療養所の退所者たちとの交流もまったくない。何人かを訪ねたことがあったけど、来てくれるなという感じ。南静園の退所者でも、南静園から連絡があっても次から来ないでね、電話もかけないでね、と。あんな人が何名かいる」

——みなさんがまとまるようなことは？

「宮良（正吉）さんたちはとっても偉いなあと思う。堂々と公の場でものが言えるから。僕も知られてもいいや堂々とやりたいなという気持ちはあるけれども、しかし僕は言い切れない。家族にぜったいに言うなと言われているから。国が（啓発を）やっても世間の人が考えてくれるか、難しいなあと思っているよ。また本人の気持ちというのかな、なかなか直せないよ。今は偏見ないと思うけど、本人自体が昔のこと思ってから、びくびくしているさ」

個々の密かな交流はあるようだが、やはり回復者たちの多くが孤立しているようである。

今も偏見差別が実際にあるのか。大田静男が次のような話をしてくれた。南静園を訪ねたときのこと。

八重山から来たと言ったら、八重山出身のおばあさんにしたたか怒られた。「八重山の人はね、みんなダメだよ」。八重山の実家に行ったら追い返されたと。妹の家を訪ねたら、妹の旦那と姪っ子が出てきて、なんで死んだ人が生きて帰ってきたかと。ミーヤー（新築）のお祝いをあげようと思って行ったら、門前払いされて。だから怒って帰ってきたと。そこに僕らが行ったものだから、「病気は治っているんだよ。何か！　だから八重山の人はダメ。お前なんかは何をしてるか！」と。さんざん怒られたよ。

ふるさとの壁

上原浩は、ふるさとに戻らない元患者は多いと言ったが、ふるさとの壁、というのが彼らにはあるようである。ジャーナリストの山城紀子が次のように書いている。

「家族のためをおもい、地域や親族のことを考え、自らをまるで『無い』ようにせざるを得なかった人生体験を持つ当事者にとってふるさとは大きな壁でもある。懐かしい、恋しいという気持ちと相まって『追われた』という痛みを伴っている」（『「隔離」を生きて』解説）

『報告書』には次のような体験談が載っている。

「大学では教職課程も受講して中学・高校の社会科の教員免許を取得した。郷里に帰って学校の先生になりたかったのだが、父親に猛反対された。狭い島なので私が病気だったことは皆が知っている。『惨めな思いをするに決まっているから、東京でやりたいことをやれ』。それが父のアドバイスだった」（森元美代治）

「私は、ふるさとの中学校の同窓会の案内を数年前に受け取り、50年ぶりに同級生と会ってみたいと思いました。でもふるさとにいる妹に電話したら、『寝た子を起こすようなことはしないでくれ』と反対されました。きょうだいの子どもたちの中に結婚していない子がいるから差し障るというのです。福井県という土地での『無らい県運動』がどのように展開されていたのか、私は知りたいです。父親に私が死んで欲しいと願わせたのは『無らい県運動』があったからです。裁判で勝訴する前に父

親は亡くなりました。国が間違っていたんだということを父親にも見せたかったと思います」（手塚敬二）

大田静男は、「彼らの故郷に対する思いは強烈だよね。発病するまでの家族との生活は、施設の中ではできないこと。自然とかもあるけど、やっぱり家族というのが根っこにはあるでしょうね。追われても、けっきょく家は忘れられない。市民学会のレセプションでよく『ふるさと』が唄われる。それを聴くと、唄うなもう、俺は寂しいー、と思うさあ」と。

兎追いしかの山　小鮒釣りしかの川
夢は今もめぐりて　忘れがたき故郷《ふるさと》
如何にいます父母《ちちはは》　恙《つつが》なしや友がき
雨に風につけても　思いいずる故郷
志をはたして　いつの日にか帰らん
山は青き故郷　水は清き故郷

そう唄う一方で、室生犀星の詩「ふるさとは遠きにありて思ふもの　そして悲しくうたふもの……」が脳裏を去来するということもあるのだろう。

帰りたくても帰れないふるさと。全国各地で数多く講演をやっている上野正子も今回のふるさとでのシンポジウム参加を、相当悩んだうえ承諾したのだという。

しかしシンポジウムが終わるときには、「今日、ふるさとに帰ってきて、姪たちとお父さんお母さんのお墓参りをしましたので、何も思い残すことがありません。感謝しながらあした帰りたいと思っています。79年間、療養所の中でしたが、もう何も悔いはありません。100歳まで頑張りたいと思います」という言葉を残した。やはりふるさとは特別のようである。しかし、ふるさとの壁も、一度乗り越えてしまえば、別の風景が見えてくるのかもしれない。

ちなみに、退所して「ふるさと」「ふるさと以外」のどこに住んだか、次の報告がある。

退所時の居住先が「ふるさと以外」が61・9％、「ふるさと」は37・4％であった。新良田教室出身者では、「ふるさと以外」は93・8％、「ふるさと」は6・3％。沖縄県出身者では、「ふるさと」は62・0％、「ふるさと以外」は36・0％であった。「ふるさと以外」に居住先を構えたのは70・9％と高く、また1960年代に退所した人の73・1％を占める。ふるさととは別の場所に就職した人が多かったと考えられる。一方、1970年代以降に退所した57・1％、30歳以上で退所した人の66・7％が「ふるさと」を居住先としている（『報告書』）。

55年ぶりの再会

宮良正吉にも「ふるさとの壁」はあった。2009（平成21）年にいちょうの会会長となりカミングアウト。前年から語り部として活動をはじめていたものの、顔も名前も明かしてふるさとを訪ねるなんて考えてもみなかった。

そこに大田静男が現れた。２０１０（平成22）年のハンセン病市民学会「第６回総会・交流集会 in 瀬戸内」。２日目の5月9日、長島愛生園でおこなわれた分科会A会場。正吉は「『新良田教室』が残したもの」にパネリストとして参加した。

シンポジウムが終わってフロアに戻ると、「看板のようなごっつい名刺」を首からぶら下げた男が近づいてきた（「ほかの人と同じ名刺だった」と大田は言う）。「八重山のハンセン病問題を考える会・大田静男」と書いてある。

「来年、２０１１年市民学会で石垣オプションをやるから来てくれと。その場で、『行かれへん』と断った。『わし親戚多い、親戚ばっかりや。行けへん』言うたんや」

大田は宮良正吉の名前をどこかの本で見て知っていた。が、八重山の人か宮古の人かわからなかった。宮古にも同じような名前の人がいた。

「いちばん前の席で聴いていて、八重山人だとわかったので、宮良さんに八重山人だろ、と。びっくりしていた。八重山怖いから行かないと。そうだろうと思ったけど、本土での活動はわかるけど、八重山に来て八重山と向き合ってやってほしいという思いがあって、それをしつこく言ったんだけど、いやいや、と断られた」

「まああそう言わないで、と大田さんなりの挨拶やなあれは。しばらくして連絡があった。手紙が来て、『月刊やいま』の特集に原稿書いてくれ、と。そこまで熱心に言われたらな、わしはどういう気性なのかしらんけど、わかった、と。行かないかんと思いながらも、挨拶は避けたかった。行くけど、目立つようなことは絶対嫌いやから参加するだけやで。挨拶はせーへんど。わかった、と。スカシ、スカシ、あ、またスカシてんなあとわかるけど、乗った話やから、腹決めたから、行った。だから、『スカされてスカされてここまで来てしもた』と挨拶で言った」

交流会での挨拶のことである。2011（平成23）年5月23日。光田健輔の「西表島癩村構想」の地を中心に巡るハンセン病市民学会のオプショナルツアーがおこなわれ、その晩の交流会。

2011年、市民学会のオプショナルツアーでふるさとを訪ねた正吉を驚かせ感動させたのは、石垣小学校の同級生6人との55年ぶりの再会であった。そのときもらった手書きの地図（当時の同級生たちの家が示されていた）を正吉は今も大事に持っている。【提供：宮吉正吉】

交流会場には、正吉を感動させたサプライズが待っていた。大田が正吉の同級生である新垣幸子に声をかけ、石垣小学校の同級生6人があつまって正吉を囲んだのである。

ハンセン病回復者支援センターのコーディネーター加藤めぐみがそのときの様子を次のように話してくれた。

「すごく感動しました。

55年ぶりに会いに来てくれるわけですよ。宮良さん自身も顔が真っ赤だし、みんなが寄ってきてくれて、宮良さん嬉しそうに喋ってはる。で、新垣さんが昔の同級生の家の手書きの地図を渡してくれて、宮良さんそれを今も大事に持ってはるわ。大濵さんがクラス写真をもって来てくれて、でも、そういう写真をずっと見てきてないから自分ですらもう自分がどれかわからへん。それを聞いたとき、やっぱりそういうところからかけ放されてきたんだと。いろいろ話《はなし》するなかで、あ、そういえば4年生の時にあっちこっち必死になってお医者さんに連れて行かれて、よく学校休んでいたから、プリントとか宿題とかをもってきてくれる女の子がいたとだんだんと思いだしてくるんですよね。石垣に帰ってカミングアウトしたからこそできた再会やったから、その場面見てるだけで感動した。どんなふうに思ってはるかと女性陣に聞いたら、新垣さんは八重山上布の第一人者になって同級生の中で誇りですけど、また、宮良正吉さんという誇りが生まれましたと。それもね、すごいなと思いましたよ。大田さんが事前にいろいろ話をしてくれていたからと思うんですが、やっぱり、宮良さんの存在というのが、4年生で別れた同級生なんやけれども、ハンセン病になったがために島から離れていったんだということを聞いて、やっぱり心を揺るがしたんやろなと。だから、誇りやと言わはってんやなと」

翌日の八重山毎日新聞は次のように報じた。

「『公表』後の里帰りは初めて。宮良さんは『おそるおそる来ました（帰郷しました）』と話し、出身地の字《あざ》は公表を控えるなど、迷いを抱えての帰郷。周囲からは『宮良さんの講演を石垣で』との期待も。（略）宮良さんは交流会で乾杯の音頭を取り、『何度も帰郷しているが、ハンセン病からの回復者として来られたことを喜びたい」とあいさつ。同級生からはクラスメートの自宅を示した地図を贈られた。

後日、そのときのことを正吉は「高く感じていたハードルも越えて、偏見と差別解消のために、ハンセン病回復者が自ら訴えることの大切さを痛感しています」(『報告書』)と書いた。

正吉はふるさとの壁をひとつ乗り越えた。そしてそれは、次の地平を開いた。

交流会で「どこのおじさんでしたね?」と訊いて怒られた大濵永亘に、近畿八重山郷友会会長をしている同級生を紹介されて郷友会に参加するようになり、その会長に勧められて石垣中学校12期生でつくるゴッカンナーの会の記念誌に寄稿した。

正吉は小学4年までで島を出ているから、石垣中学校を卒業していないが、なにごともなければ通うはずであった中学校の同級生たちに温かく迎え入れられた。ひとつ壁を越えたら、ふるさとがさらに身近になった。

2018(平成30)年、沖縄でおこなわれた第14回市民学会の日の夜。那覇の街のスナックで、ゴッカンナーの会の宮良行雄会長ら同級生数人と飲んだときの楽しそうな正吉の笑顔をいまでも思い出す。

「結果がいいからそれでまたやるねん。というより、よかったと思うことが多い」

後日、正吉は語ったが、よい結果をもたらすひとつの要因は、「わかった!」と思い切る正吉の性格からきているように思う。そのため、結果が悪くてもその思いは後に残ることがないのだろう。その思い切りの良さはどこからきたか。いろんなものを諦め切り捨てざるをえない状況のなかで、残ったものを大事にして生きてきたその姿勢にあるように思えるのである。

母校での講演

交流会から4年後の2015（平成27）年9月4日。正吉は母校石垣小学校で講演をおこなった。5日のシンポジウム「八重山のハンセン病在宅治療者問題を考える」にパネリストとして参加するため前日4日に石垣入りし、5、6年生（98人）を前に自身の体験を語った。

新聞は「宮良さんは4日、母校の石垣小学校で初めて講演会を開いた。小学4年で離れて以来、60年ぶりに校舎の門をくぐった。子どもたちにハンセン病のため苦しんだ自身の経験を切々と話した。宮良さんは『八重山では啓発が弱く、ハンセン病への理解が進んでいない現状は否めない。ハンセン病はうつるといまだに思っている人もいると思う。そんな環境を変える、ハンセン病回復者と社会をつなぐ窓口となる居場所づくりを、行政も一緒になって取り組んでほしい』と強調した」（『琉球新報』9月19日）。

「児童らは講演のお礼にと校歌の1番を合唱、宮良さんを喜ばせた。5年生の美佐志《みさし》璃空君(11)は『ハンセン病について詳しく聞いたことはなかったので勉強になった。差別をしないようにしたい』、6年生の加那原《かなはら》里奈さん（同）は『収容所に1人連れて行かれるというのは恐ろしいこと。差別をなくすためにいじめをなくし、けんかが起きても止められるようにしたい』とそれぞれ感想を語った」（『八重山毎日新聞』9月5日）と報じた。

前回帰郷したときに、正吉はじつは母校の前まで行ったのだが、校門をくぐることはできなかった。

ふるさと石垣島。こっそり何度も訪ね、帰郷しようかとも考えた。「海の青、空の青、山の青、日差しも好きですよ。でも……」と正吉。写真は家族４人で石垣島を訪ねたときのもの(1978年)。【提供：宮吉正吉】

「ここまで来たんですけどね、よう入らんかったですよ。僕自身のなかにまだ割り切れないものがあったのかもしれません。校長室に入っていって、私は……という話もまだできなかったんじゃないか」と言う。

そのことがずっと気になっていた。だから、シンポジウムの話が出たときに大田静男に電話を入れた。「今度はどうせなら中も見たいので、できるか聞いたら、いいよ、と。彼が校長にかけあってくれた。台風のあと、運動会の練習もあって、そんな忙しいときだった。45分ぐらい。ありがたかった」

ここでまたふるさとの壁をひとつ越えた。

正吉は「子どもたちと歌った60年ぶりの校歌は、今でも、嬉しさと懐かしさで、鮮やかに脳裏に収められています」(『報告書』)と述懐している。

そして、正吉のふるさと訪問は、先述したシンポジウム「島を出た八重山人たち」への参加とつづくのである。

おわりに

さて、「島を出た八重山人」宮良正吉の足跡をたどる旅もいよいよ終わり。しかし正吉の人生はこれからもずっとつづくのだから、ここでまとめようなどというおこがましい考えはない。書き得たこともほんの一部。でも、名残惜しいのであと二、三つけ加えておきたい。

ひとつは、正吉がふるさと石垣島に移住しようかと考えたことがあったということ。2003(平成15)年のことである。

「やっぱり子どものころのイメージしかないからな。海の青、空の青、山の青、日差しも好きですよ。でも暮らすのはしんどいなと現地に行って思った。土地の値段は大阪と変わらないし、大阪はいろんな意味で便利。医学は先端行っているし、歳をとるととくに病気がちになるし、困るかなと……」

加藤めぐみが正吉の友人の回復者の話をしてくれた。退社後、夫婦ふたりで畑でもやろうと田舎にログハウスをつくって住んだ。が、まもなく夫が癌に罹って死んでしまった。

「亡くなって、奥さんはやっぱり、ひとりでよう住まんて。けっきょく大阪に帰ってきはりましたよ。ふたりやからこそ田舎でも頑張ることができる。相手がいなくなったときに、妻がね、じゃあそこで住みつづけられるかというと、辛い」

友人が書き残した手記を読んだ正吉が加藤に読むようにすすめたのだという。

もうひとつ。

これまで何度も登場いただいた加藤めぐみと大田静男に宮良正吉について訊いた。

加藤めぐみ「ご自身の問題はもちろんあると思いますが、退所者全体の問題を常に考えて行動をされているなというのをすごく感じます。そのうえ一人ひとりが抱えている問題もきっちり見てはるというか、この人のことはこういうふうに考えないといけないとか考えて行動しているといつも感じる。私らはあくまでサポート。前面に出て退所者運動を引っ張るわけではないので、宮良さんのようなリーダーがいるというのは大きいと思います」

大田静男「彼はすごいなあと思うよね。人間味があるよね。性格がおだやかで、そういうのは非常にいいなあ。『月刊やいま』の企画『島を出た八重山人』の取材もよく受けてくれたなあと思いますね。

ヤマトで活躍した人たちは、地元ではほとんど何もできなかった。地元の雑誌の連載に登場するというのは宮良さんの功績だよね。でも、まさか三線を弾くとは思わなかったけどな（笑）」

最後にもうひとつ。いま思い出した。

鹿児島での市民学会の夜だったか。宮良正吉とふたりで食事をしていた。そこに原田恵子（現ハンセン病市民学会事務局次長）が現れて、料理の差し入れを。

「ありがとう。お皿はどうする？」

「お皿ごとは食べられへんねえ」

「サラサラないわ！」

何かにつけて、いつでもどこでも宮良正吉の笑顔を思い出したい、と思う。なにしろ彼の笑顔は最高なのである。

（了）

あとがき

島を出る。島人にとってこのことばは特別な響きがある。たとえばわたしが暮らす八重山《やえやま》の話。八重山というのは八重山諸島のこと。沖縄本島からさらに南、石垣島を中心とした竹富島《たけとみ》、西表島《いりおもて》、与那国島《よなぐに》などからなる日本最南端の島々で、ひとつの文化圏を形成している。

八重山の島々のなかで高校があるのは石垣島だけで、その他の島の子どもたちは、中学を卒業すると島を出なければならない。また八重山には大学がないから、大学にいくすべての子どもたちは高校を卒業すると八重山を出なければならない。

島を出るのは、若者にとって宿命のようなものである。しかも一度出てしまうと、島に働く場はそう多くはないから、なかなか戻ることができない。したがって、「島を出る」ということばには、覚悟、希望、別れ……などさまざまな思いが入り混じる。交通が不便だった時代は、なおさらである。

動物には帰巣本能があるといわれるが、島を出た人たちは、その本能を抱えながら今どう生きているのか、ふるさと八重山のことをどう思っているのか。そこで、八重山の地域誌『月刊やいま』で「島を出た八重山人」というルポをはじめた。

宮良正吉さんのことを知ったのは２０１１（平成23）年、ハンセン病市民学会のオプショナルツアーの歓迎交流会で、宮良さんは「ハンセン病からの回復者として来られたことを喜びたい」とあいさつした。宮良さんのように10歳のときに島を出て、幼くして親元を離れ、ひとりで生きていかねばならなかった人生もあるのだと知った。２０１５（平成27）年９月、宮良さんが母校石垣小学校で講演をされたとき、1時間ほど時間をつくっていただいて話を聞いた。もっと聞きたいと思った。「島を出た八重山人」の取材をさせてほしいと申し出た。

翌年5月、鹿児島でのハンセン病市民学会の日程をふくめた1週間、宮良さんに密着取材させていただいた。大阪の宮良さん宅を訪ねご夫婦に話を聞き、ハンセン病回復者支援センターに集まっていただいた「いちょうの会」の会員、支援者のみなさんの話を聞き、支援センターの加藤めぐみさんと桒山麻奈美さん（当時）には、宮良さんと一緒に車に乗せてもらってまる一日かけて長島（愛生園・新良田教室跡・邑久光明園）を案内してもらい、奄美・鹿屋の市民学会の会場では多くの人を紹介された。ここで八重山出身の上野正子さんにもお話をうかがった。

愛楽園取材では辻央《あきら》さん、鈴木陽子さんにいろいろ教えていただいた。宮良さんの石垣小学校の同期生の新垣幸子さん、大濵永亘さん、宮良行雄さん他のみなさんにも取材させていただいた。

取材の前にある程度の資料読みはしていたが、取材後もさらに読み込まねばならなかった。とくに伊波敏男著『花に逢はん』からは多くの示唆をうけ引用もさせていただいた。伊波さんと宮良さんはふたつ違いで、ふたりは愛楽園、新良田教室で一緒だったので『花に逢はん』を宮良さんの足跡に重ねるようにして読んだ。

『月刊やいま』で、第一部「いつも前を向いて生きてきた」を２０１９（平成31）年1月から6回連載。さらに、家族訴訟のことなど最新の動きと宮良さんの活動の様子などを再取材し、第二部「あるがままに生きる」を２０２０（令和2）年4月から4回連載した。計10回。原稿は12万字に及んだ。

地域誌での連載にもかかわらず全国から反響があった。本にして全国に届けたいと思った。日ごろ親しくさせていただいているノンフィクション作家の下嶋哲朗さんに相談したら、水曜社の仙道弘生社長を紹介してくれた。原稿を送ってお願いしたら、ＯＫしてくれた。出版界が厳しいことは多少なりとも知っているので、ありがたかった。宮良さんのような気っ風の良さに縁を感じた。

まとまった原稿を、宮良さん本人はじめ、下嶋哲朗、森口豁《かつ》、大田静男、入里照男、原田恵子、加藤めぐみのみなさんに読んでもらい、アドバイスをいただいた。加筆修正した。

巻末の「宮良正吉・ハンセン病関連年表」は、宮良さんご自身が作成したものを載せさせていただいた。原田さん、加藤さんの協力を得て完成させたという。ありがたい。

本づくりは大変な作業である。仙道社長はじめ水曜社のスタッフのみなさんのいい本をつくろうという、緻密で根気づよい編集作業のおかげで立派な本ができた。敬意と感謝をささげたい。その他ここにお名前を記せなかった多くのお世話になった方々に感謝します。ありがとうございました。

さて、宮良正吉さんの半生を書き終えて、わたしの心にいちばん印象深く残っているのは、プロポーズの場面である。本人が次のように書いている。「妻には、私の病気の再発が心配だったので、結婚前に回復者であることを話しました。深刻な顔で打ち明ける私に『それがどうしたの？』と言って、全く問題にしませんでした」

そのとき、「島を出た八重山人」である宮良さんにあたらしいふるさとができたのだと思う。後年、宮良さんはふるさと石垣島への移住を検討したりするのだがけっきょくは帰郷をあきらめる。家族・家庭のことを第一に考えたからだと思われる。

島を出る。それはあたらしいふるさとに出会う旅でもある。

引用文献（掲載順）

宮良正吉「回復者として、あるがままに生きる」『月刊やいま』２０１１年5月
『沖縄大百科事典』沖縄タイムス社・１９８３年
伊波敏男『花に逢はん』日本放送出版協会・１９９７年
大田静男「八重山のハンセン病」『月刊やいま』２０１１年5月
「字大浜の美挙」『海南時報』１９３６年9月26日
『沖縄県ハンセン病証言集宮古南静園編』宮古南静園入園者自治会・２００７年
上田不二夫『沖縄の海人』沖縄タイムス社・１９９１年
上野正子『人間回復の瞬間』南方新社・２００９年
『沖縄県ハンセン病証言集資料編』沖縄愛楽園自治会・２００６年
『沖縄県ハンセン病証言集沖縄愛楽園編』沖縄愛楽園自治会・２００７年
大濱信賢「癩患者輸送に當つて」『八重山タイムス』１９４９年7月28日
『主の用なり―故司祭バルナバ徳田祐弼遺稿・追悼文集』徳田その・１９８５年
松岡和夫『自叙伝・私の勲章』２０００年
松田良孝『台湾疎開』南山舎・２０１０年
愛楽園自治会誌『愛楽』12号（１９５８年12月31日）
宮城信勇『石垣方言辞典』沖縄タイムス社・２００３年
浦原啓作『八重山ユンタ集』音楽之友社・１９７０年
青木恵哉『選ばれた島』近現代資料刊行会・２０１５年
愛楽園自治会誌『愛楽』7号（１９５７年11月1日）
平良仁雄『「隔離」を生きて』沖縄タイムス社・２０１８年

愛楽園自治会誌『愛楽』19号（１９６０年12月10日）
「語り継ぐハンセン病　瀬戸内3園から」『山陽新聞』２０１５年1月25日〜２０１６年3月18日
金城幸子『ハンセン病だった私は幸せ』ボーダーインク・２００７年
宮良正吉「ハンセン病回復者として生きる」『月刊ヒューマンライツ』３２７号・２０１５年6月
森田竹次『全患協斗争史』森田竹次遺稿集刊行委員会・１９８７年
荒井裕樹「黙らなかった人たち 理不尽な現状を変える言葉」13回『WEB asta』
鶴見俊輔『身ぶりとしての抵抗』河出文庫・２０１２年
「ハンセン病問題に関する事実検証調査事業第16回検証会議」２００４年4月21日
高木智子『隔離の記憶』彩流社・２０１５年
ＤＶＤ「家族・親族への思い〜ハンセン病回復者からのメッセージ〜」ハンセン病回復者支援センター・２０１７年
『ハンセン病療養所退所者実態調査報告書』社会福祉法人ふれあい福祉協会・２０１８年
『いのちの輝き―ハンセン病療養所退所者の体験記』大阪府とハンセン病回復者支援センター・２０２０年
三木賢治「ハンセン病政策と退所者」『ハンセン病療養所退所者実態調査報告書』社会福祉　法人ふれあい福祉協会・２０１８年
坂手悦子「療養所ソーシャルワーカーの現場からみる社会復帰支援」『ハンセン病療養所退所者実態調査報告書』社会福祉法人ふれあい福祉協会・２０１８年
加藤めぐみ「退所者支援の現場からみた現状と課題」『ハンセン病療養所退所者実態調査報告書』社会福祉法人ふれあい福祉協会・２０１８年
『新良田　閉校記念誌』岡山県立邑久高等学校新良田教室閉校記念事業実行委員会・１９８７年
徳田靖之「ハンセン病家族被害と私たちの社会」『ふれあい福祉だより』第17号・２０１９年12月
神谷誠人「ハンセン病歴者家族の被害―国は家族の声に応えたのか」『ふれあい福祉だより』第17号２０１９年12月
黄光男「ハンセン病家族訴訟勝訴報告会」『閉じ込められた命―ハンセン病と朝鮮人差別』兵庫在日外国人人権協会・２０２０年
福岡安則・黒坂愛衣「ハンセン病回復者の語り・家族の語り ⑪思いよ届け！」『世界』２０１９年9月
福岡安則「偏見除去への教育再構築を」『南日本新聞』２０１９年7月10日

宮良正吉・ハンセン病関連年表

西暦	和暦		事項
１８７３年	明治	6	ノルウェーのアルマウェル・ハンセン医師が「らい菌」を発見
１８７５年		8	後藤昌文（漢方医）が東京に起廃病院開く
１８８６年		19	ハンセン病患者が群馬県草津温泉に湯之沢を開拓、集住始める
１８８８年		21	大阪・堺の岡村平兵衛がハンセン病患者救護に大風子油精製（４月）
１８８９年		22	テストウィードが静岡県御殿場に神山復生病院開設
１８９４年		27	ケート・ヤングマンが東京に慰廃園設立 【日清戦争勃発（７月）】
１８９５年		28	ハンナ・リデルが熊本県に回春病院設立
１８９７年		30	らい患者第１回一斉調査（北海道を除く）　２万３６６０人（６月） 第１回国際らい会議（ベルリン）（10月）
１８９８年		31	ジャン・マリー・コールが熊本県に待労院設立
１９００年		33	内務省が第２回ハンセン病患者実数調査　３万３５９人（12月）
１９０４年		37	【日露戦争勃発（２月）】
１９０６年		39	綱脇龍妙（日蓮宗）が山梨県に身延深敬病院設立 内務省が第３回ハンセン病患者実数調査　２万３８１５人（４月）
１９０７年		40	法律第一一号「癩予防ニ関スル件」公布（放浪患者の取締）（３月）
１９０９年		42	道府県連合立療養所５カ所設立（定員１１００床） 九州各県連合立（沖縄を除く）の第５区九州癩療養所を熊本県菊池郡合志村に開設（４月） 日比沖縄県知事、らい療養所敷地を真和志村桶川に選定して認可申請。第１回県会で案を提出するも「那覇市の発展を阻害する」との理由で否決（４月）
１９１０年		43	沖縄県が第５区九州癩療養所へ加入
１９１４年	大正	3	光田健輔、全生病院長に就任（２月） 【第一次世界大戦勃発（７月）】
１９１５年		4	光田健輔、断種手術（開始）を前提に所内結婚認知（２月）
１９１６年		5	「癩予防ニ関スル件」一部改訂。療養所長に懲戒検束権付与（３月）

※宮良正吉作成

1917年		6	国立療養所設立地調査。光田健輔、国立療養所の位置を沖縄県西表島と瀬戸内海等の島を極秘裏に調査（8月）。復命書を翌年6月27日に提出
1919年		8	内務省が第4回ハンセン病患者一斉調査　1万6261人（3月）
1920年		9	内務省保健衛生調査会、癩予防対策決める（一万床計画・公立療養所増設・拡張、国立療養所新設）（9月）
1927年	昭和	2	沖縄名護町、らい療養支所の設置を県へ陳情（11月）
1929年		4	無癩県運動（強制隔離のための患者狩り）が始まる 沖縄県第5区九州連合より正式分離（1月） 沖縄名護町民、らい保養院設置に強く反対（2月）
1930年		5	岡山県長島に国立ハンセン病療養所長島愛生園が開園 青木恵哉、屋我地大堂原に土地3000坪を買収（3月）。後日愛楽園設立の際、沖縄MTLに寄付。 財団法人「癩予防協会」設立（渋沢栄一会頭）（3月）
1931年		6	沖縄県立宮古保養院設立（定員40人）（3月） 回春病院牧師乙部勘治と徳田祐弼は、ハンナ・リデルの命を受け沖縄本島及び八重山地方の伝道に派遣（3月） 「癩予防法」制定。全患者を絶対強制隔離の対象とする（4月） 【満州事変勃発（9月）】
1932年		7	嵐山事件（3月）
1938年		13	栗生楽泉園に「特別病室」（重監房）設置 国頭愛楽園開園式（11月）
1939年		14	沖縄癩予防協会設立（2月）
1941年		16	道府県連合立療養所の国立移管（7月） 【日本、米英両国に宣戦布告。太平洋戦争勃発（12月）】
1943年		18	米国でプロミンの有効性報告（9月）
1944年		19	軍部による愛楽園への患者収容始まる（5月） 愛楽園内、丘陵地帯に横穴式壕構築開始（7月）
1945年		20	正吉、沖縄県石垣町で日本軍の疎開命令解除の数日後に自宅にて生まれる（7月） 【太平洋戦争終結（8月）】 選挙法改正、ハンセン病患者参政権取得（10月） 奄美・沖縄・宮古の3園、米軍政下に置かれる（12月）
1946年		21	日本で治療薬「プロミン」の試用始まる 「国立癩療養所」が「国立療養所」に改称（11月） 台湾楽生院の引き揚げ患者17人、国頭愛楽園収容（12月）

1947年		22	米軍政府、特別布告第12号公布。完全隔離目指す（2月） 【日本国憲法施行（5月）】
1948年		23	「優生保護法」成立。ハンセン病患者の優生手術が合法化（5月） 第21回「日本癩学会」でプロミンの効果発表（10月）
1949年		24	プロミン治療の開始（プロミン治療の予算化）（4月）
1950年		25	父母と沖縄本島の那覇市松川辺りの家屋の建築に同伴（5歳） 【朝鮮戦争始まる（6月）】
1951年		26	3園長（光田健輔・林芳信・宮崎松記）が国会参議院厚生委員会で、より一層の隔離強化証言（11月） 愛楽園「澄井小中学校」群島政府立学校として認可（9月） 熊本県菊池郡水源村（現・菊池市）にて菊池事件起こる（8月） みやまえ幼稚園に入園（4月） 全国国立癩療養所患者協議会結成（全癩患協） 山梨県一家心中事件起こる
1952年		27	国頭愛楽園を「沖縄愛楽園」と改称（1月） 石垣小学校に入学（4月） 【講和条約・日米安保条約発効（4月28日）】 WHO第1回らい専門委員会（強制隔離政策が患者を潜伏化させる傾向を指摘）（11月）
1953年		28	国産DDSによる治験開始（1月） 「らい予防法」施行（強制隔離継続）（8月） 熊本地裁、菊池事件に死刑判決（8月） 奄美群島、日本返還。奄美和光園、厚生省移管（12月）
1954年		29	らい予防法による患者家族への生活援護開始（4月）
1955年		30	小学4年の身体検査でハンセン病罹患が判明 岡山県立邑久高等学校新良田教室、長島愛生園に開校（9月） 【ベトナム戦争始まる〔～1975年〕（11月）】
1956年		31	5年生入学時（4月6日）愛楽園に収容。園内の澄井小学校転校 ローマ国際会議（ハンセン病患者の救済と社会復帰）日本の「らい予防法」の廃止を勧告（4月）
1957年		32	澄井小中学校補助教師（入所者）役割果たし離職（3月） 菊池事件、最高裁が被告人の上告を棄却（死刑確定）（8月） ハンセン病患者の退所基準を厚生省で作成（12月）

1958年		33	父、脳溢血で倒れる。半身不随のまま那覇市の病院で治療 愛楽園園内の澄井中学校に進学（4月） 菊池事件で、Aを守る会結成（4月） 日本ペンクラブ会長川端康成が愛楽園訪問・講演（6月） 第7回国際らい会議（東京）、強制隔離政策の全面破棄を推奨（11月）
1959年		34	父死亡（2月） WHO第2回らい専門委員会（ハンセン病に関する特別法の廃止を提唱）（8月） 全患協、らいを「ハンセン氏病」に呼称切替え提唱（8月） 国民年金法施行で入園者に福祉年金支給（10月） 愛楽園「内服薬DDS」の服用始まる（在宅治療）（11月）
1960年		35	沖縄読谷高校で入学拒否事件おこる（4月） 邑久高等学校（新良田教室）受験のため、熊本県合志中学校恵楓園分校に転園・転校。園名は宮津康夫（5月14日） 【安保闘争で全学連国会突入（6月）】
1961年		36	邑久高等学校（新良田教室）入学のため特別専用列車（患者輸送＝「お召し列車」）で熊本駅から岡山駅まで移動、岡山駅からは用意された車で長島愛生園に輸送（4月10日） 長島愛生園に転入（4月11日） 菊池事件真相報告会を熊本市公会堂で開催（総評・国民救援会）（6月） 琉球ハンセン氏病予防法公布（在宅治療規定を明文化）（8月） 菊池事件再審申請（12月）
1962年		37	琉球政府、在宅患者治療委託要領作成。沖縄らい予防協会、那覇に外来治療所開設（5月） 「全患協ニュース」菊池事件特集（6月） 菊池事件現地調査（バス一台、中央・地方・民主団体・社共・全患協39人）（8月） 菊池事件被告人A福岡拘置所で死刑執行（9月14日）
1963年		38	全患協が「らい予防法改正要請書」を厚生大臣に提出 新良田教室新入生、卒業生から特別専用列車での移動が廃止（経口薬「DDS」の服用後は他人に感染しないことが証明。通常の列車での移動が可能になる）（4月） 「救らいの日」を「らいを正しく理解する日」と改称（6月） 第8回国際らい会議（無差別の強制隔離政策は時代錯誤で廃止すべき）（9月）
1964年		39	厚生省結核予防課「らいの現状に対する考え方」まとめ。「現行法について再検討が必要」との文言提起（3月） 琉球政府、ハンセン病社会復帰者のために保護指導所を那覇に開設（3月） 【東京オリンピック開催（10月）】
1965年		40	新良田教室最初の自主修学旅行（大阪・京都・奈良3泊4日）（1月） 邑久高等学校（新良田教室）卒業（3月） 大阪の（株）関西共同印刷所に就職（3月19日）

1967年		42	職場の同僚と野沢温泉スキー場で初すべり（2月）
1970年		45	【日本万国博覧会〔大阪万博〕（3月〜9月）】 大阪万国博覧会の見学に沖縄から親兄弟が来阪、案内 同会社勤めの女性（幾世）と結婚（12月）
1971年		46	長男誕生（9月）
1972年		47	【沖縄・祖国復帰〔沖縄本土返還〕（5月15日）】
1974年		49	長女誕生（8月）
1975年		50	名古屋工場に配置転換。単身赴任 【沖縄海洋博覧会〔〜1976年〕（5月）】
1977年		52	大阪本社に配置転換、家族との生活戻る
1978年		53	家族に沖縄本島・石垣島を案内旅行
1981年		56	WHOが多剤併用療法提唱
1985年		60	母死亡（2月）
1987年		62	全国所長連盟が「らい予防法の改正に関する請願」提出 邑久高等学校新良田教室、最後の卒業式・閉校式（32年間で307人卒業）（3月）
1988年		63	岡山県長島に、隔離不要の証「人間回復の橋・邑久長島大橋」が開通（5月）
1991年	平成	3	全患協が「らい予防法改正要請書」を厚生大臣に提出（4月）
1993年		5	高松宮記念ハンセン病資料館（東京）オープン（6月）
1994年		6	全国国立ハンセン病療養所所長連盟がらい予防法改正問題についての見解表明（11月）
1995年		7	【阪神淡路大震災（1月17日）】 全国ハンセン病患者協議会が「らい予防法改正を求める全患協基本要求」を公表 第1回らい予防法見直し検討会開催
1996年		8	「らい予防法」廃止。「らい予防法の廃止に関する法律」施行（4月）
1998年		10	【長野オリンピック開催（2月）】 社会復帰準備支援事業を開始 ハンセン病療養所入所者が熊本地裁に「らい予防法」違憲国家賠償請求訴訟を提訴
1999年		11	東京地裁（3月）岡山地裁（7月）でも違憲国家賠償請求訴訟

2001年		13	熊本地裁、らい予防法違憲国家賠償請求訴訟で「国の隔離政策は違憲」の判決。小泉首相が原告9人と面会。控訴断念を福田官房長官が発表、判決確定（5月） ハンセン病補償金の支給等に関する法律可決（6月） 国賠訴訟、岡山地裁と東京地裁で和解成立（7月） 秋、原告に加わり「関西退所者の会」（現、いちょうの会）発足に参加 第5回ハンセン病問題対策協議会において厚生労働省と原告団・弁護団・全療協（統一交渉団）が確認事項を調印（12月） ハンセン病対策、退所者給与金を創設
2002年		14	国賠訴訟で遺族・非入所者も国側と基本合意書調印で合意し和解調印（1月） 国が全国主要50紙に謝罪広告（患者・元患者の名誉回復）（3月） 国が名誉回復と啓発で2回目の新聞広告（50紙）（5月） 第75回ハンセン病学会総会が反省と謝罪の意を表明（5月） （株）関西共同印刷所を退職（5月） ハンセン病療養所所長連盟が「隔離政策に影響与えた」と謝罪声明（6月） ハンセン病に関する検証会議発足（10月）
2003年		15	元患者遺族「れんげ草の会」発足（3月） 藤楓協会解散。社会福祉法人ふれあい福祉協会設立（4月） 第9回ハンセン病問題検証会議開催（沖縄愛楽園、沖縄タイムス記者がマスコミの責任について内部告発）（4月） 妻・幾世の叔母を連れて沖縄本島・八重山諸島を案内旅行（9月） 熊本県の里帰り事業でアイスターホテル宿泊拒否事件おこる。「アイレディース宮殿黒川温泉ホテル」が入所者の宿泊を拒否（12月） 韓国小鹿島の入所者がハンセン病補償法に基づき、日本政府に補償請求
2004年		16	沖縄宮古南静園の入所者111人の名前が「平和の礎」に刻まれる 大阪ハンセン病回復者支援センター設立（退所者への支援は2009年から） 台湾の入所者がハンセン病補償法に基づき補償請求（2月） 第16回ハンセン病問題検証会議（長島愛生園）で退所者として証言する（4月） 秋、第7回新良田教室同窓会（東北）に参加。40年ぶりに同窓生と再会 大阪府が「ハンセン病実態報告書」を発行（9月）
2005年		17	「ハンセン病問題に関する検証会議報告書」厚労省に提出 第1回ハンセン病問題講演会（大阪）始まる（2月） 第1回ハンセン病市民学会交流集会・熊本（5月） 【愛知万博開催（3月〜9月）】

2006年		18	「ハンセン病療養所入所者等に対する補償金の支給等に関する法律」の一部改正。韓国・台湾の入所者も補償金の対象になる 第2回ハンセン病市民学会交流集会・富山（5月） 大工哲弘師の「佐々木忠、三線教室」入学（10月）2〜3年通う
2007年		19	「高松宮記念ハンセン病資料館」が「国立ハンセン病資料館」としてオープン 第3回ハンセン病市民学会交流集会・群馬（5月） ハンセン病問題基本法制定のための署名活動に参加
2008年		20	「ハンセン病問題の解決の促進に関する法律」制定 ハンセン病問題講演会（大阪）に参加（2月） 第4回ハンセン病市民学会交流集会・東京（5月） 大阪市教育委員会主催の「小学5・6年生親子対象の講演会」で、はじめて、自身の体験を語る（8月）
2009年		21	「ハンセン病問題の解決の促進に関する法律」施行（4月） いちょうの会会長に就く（4月） 5月3日付朝日新聞「人」欄でハンセン病元患者を公表 第5回ハンセン病市民学会交流集会・鹿児島（5月）
2010年		22	第6回ハンセン病市民学会交流集会・瀬戸内（5月） ハンセン病市民学会総会（岡山県長島愛生園）分科会にシンポジストとして参加（5月）
2011年		23	【東日本大震災発生（3月11日）】 第7回ハンセン病市民学会交流集会・沖縄（5月） ハンセン病市民学会総会（沖縄県愛楽園・南静園、オプション・八重山ハンセン病歴史の現地調査）に参加（5月） 「らい予防による被害者の名誉回復及び追悼の碑」が厚生労働省玄関前に建立（6月）
2012年		24	第8回ハンセン病市民学会交流集会・青森・宮城（5月）
2013年		25	第9回ハンセン病市民学会交流集会・熊本（5月） ハンセン病市民学会交流集会に参加（5月） 戦前、熊本医科大学（現・熊本大学医学部）において九州療養所（現・菊池恵楓園）の入所者に無断で遺体解剖、骨格標本を作成保存していたことが報道
2014年		26	第10回ハンセン病市民学会交流集会・群島（5月） ハンセン病市民学会交流集会に参加（5月）
2015年		27	第11回ハンセン病市民学会交流集会・東京（5月） ハンセン病市民学会交流集会に参加（5月） 全国退所者原告団連絡会（全退連）事務局長に就く（6月） 母校（石垣小学校）訪問、講演。翌日の石垣市で開催のシンポジウムに参加（9月） 退所者給与金受給者の死亡後に、配偶者等に経済的支援を行う「特定配偶者等支援金制度」始まる（10月）

2016年		28	熊本地裁にハンセン病家族国家賠償請求集団訴訟を提訴（2月） 第12回ハンセン病市民学会交流集会・鹿児島（5月） ハンセン病市民学会交流集会（奄美和光園・星塚敬愛園）に参加（5月）
2017年		29	第13回ハンセン病市民学会交流集会・香川・岡山（5月） ハンセン病市民学会交流集会に参加（5月） 第9回新良田教室同窓会に実行委員として参加 全退連事務局長、一身上の都合により辞退（6月）
2018年		30	社会福祉法人・ふれあい福祉協会が「ハンセン病療養所退所者実態調査報告書」発行（3月） 第14回ハンセン病市民学会交流集会・沖縄（5月） ハンセン病市民学会交流集会に参加、翌日石垣中学卒（ゴッカンナーの会）の数名と同窓会的交流をおこなう（5月）
2019年	平成31-令和元	31	『月刊やいま』で「島を出た八重山人　第一部・いつも前を向いて生きてきた」連載（1月～8月） 第15回ハンセン病市民学会交流集会・八重山・宮古（5月） 八重山のハンセン病市民学会交流集会にシンポジストとして参加（5月） 熊本地裁、ハンセン病家族国家賠償請求訴訟で国の責任を認める判決（6月） 「ハンセン病国賠訴訟判決を受け入れるにあたっての内閣総理大臣談話」で判決確定（7月） 「ハンセン病元患者家族に対する補償金の支給に関する法律」成立・施行。「ハンセン病問題の解決の促進に関する法律」の一部改訂。元患者家族も国の隔離政策の被害者であると認定（11月22日）
2020年		2	【新型コロナの感染拡大で「不要不急の外出自粛」】 菊池事件、特別法廷違憲確定。熊本地裁は、「療養所内に設置された法廷（特別法廷）での審理は人権を侵害し、患者であることを理由とした不合理な差別だ」と、特別法廷の違憲を認める（2月） 『ハンセン病療養所退所者の体験記・いのちの輝き』（いちょうの会会員の体験集）ハンセン病回復者支援センター編集発刊（2月） 『月刊やいま』で「島を出た八重山人　第二部・あるがままに生きる」連載（4月～7月）

上江洲 儀正（うえず よしまさ）
１９５２年石垣島に生まれる。１９７１年八重山高校卒業後東京に出る。１９７４年から11年間、㈶大宅壮一文庫勤務。１９８６年帰郷。１９８７年末『八重山手帳』発刊を機に南山舎設立。「日本最南端の出版社」として八重山地域にこだわった出版活動をつづけている。１９９２年５月創刊の地域誌『月刊やいま』は現在も継続中。２０１１年前新透『竹富方言辞典』が第59回菊池寛賞受賞。２０１６年第38回琉球新報活動賞受賞。２０２０年第36回八重山毎日文化賞受賞。現在南山舎㈱代表取締役会長、竹富町史編集委員。

島《しま》を出《で》る
――ハンセン病回復者《びょうかいふくしゃ》・宮良正吉《みやらせいきち》の旅路《たびじ》

発行日　二〇二一年十月二六日　初版第一刷

著者　上江洲 儀正
発行者　仙道 弘生
発行所　株式会社 水曜社
〒160-0022 東京都新宿区新宿一-一四-一二
電話　〇三-三三五一-八七六八
ファックス　〇三-五三六二-七二七九
URL：suiyosha.hondana.jp
装幀・DTP　クリエイティブ・コンセプト
印刷　モリモト印刷株式会社

ISBN 978-4-88065-515-4　C0036